KB017336

앨리스의 소보로빵

바다로 간 달팽이 **014**

앨리스의 소보로빵

1판 1쇄 발행일 2015년 1월 26일
1판 4쇄 발행일 2016년 11월 25일 • 1판 4쇄 발행부수 1,000부 | 총5,000부 발행
글쓴이 홍명진 • 펴낸곳 (주)도서출판 북멘토 • 펴낸이 김태완
편집장 이희주 • 편집 오지숙, 이슬 • 디자인 안상준 • 마케팅 이용구 • 관리 윤희영
출판등록 제6-800호(2006. 6. 13)
주소 03990 서울시 마포구 월드컵북로 6길 69(연남동 567-11), IK빌딩 3층
전화 02-332-4885 • 팩스 02-332-4875

ⓒ 홍명진, 2015

※ 잘못된 책은 바꾸어 드립니다.
※ 이 책은 저작권법에 따라 보호를 받는 저작물이므로 무단 전재와 무단 복제를 금합니다.
  이 책의 전부 또는 일부를 쓰려면 반드시 저작권자와 출판사의 허락을 받아야 합니다.
※ 책값은 뒤표지에 있습니다.

ISBN 978-89-6319-121-8 03810

이 도서의 국립중앙도서관 출판시도서목록(CIP)은
서지정보유통지원시스템 홈페이지(http://seoji.nl.go.kr)와
국가자료공동목록시스템(http://www.nl.go.kr/kolisnet)에서
이용하실 수 있습니다. (CIP제어번호 : CIP2015001779)

바다로
간 014
달팽이

앨리스의
소보로 빵

홍명진 지음

북멘토

차례

엄마는 일곱 살   7

사라진 도라에몽   22

꿈꾸는 느티나무   40

엄마의 외출   60

돌아온 도라에몽   80

장미의 눈물   100

벙어리 섬   119

아빠의 트럭   134

짝짝이 신발과 나비 티셔츠   152

나그네의 운명   169

영원히 사라지지 않는 것들   180

글쓴이의 말   199

엄마는 일곱 살

엄마는 빵을 좋아한다. 카스텔라, 팥빵, 크림빵이나 마시멜로가 듬뿍 든 초코파이, 어쩌다 먹는 치즈케이크나 티라미수, 방부제가 잔뜩 든 값싼 제과회사 빵도 가리지 않는다.

그런 엄마가 소보로빵에 꽂혔다. 한 봉지에 다섯 개씩 들어 있는 길쭘한 스틱 형 삼립빵.

엄마에게 처음 스틱 형 소보로빵을 사다 준 건 나였다. 밥을 먹고 난 후에도 쩝쩝대는 소리를 내며 먹을 걸 찾던 엄마는 소보로빵을 건네자 한참을 뜯어보았다. 먹는 것에 집착하는 엄마가 냉큼 빵을 입으로 가져가지 않고 요리조리 뜯어보기는 처음이었다. 그 순간 엄마 입에서 무슨 소리가 나올지 조마조마했다.

"얘가 왜 이렇게 생겼니?"

엄마는 빵을 코앞에 바싹 대고 중얼거렸다.

"빵 공장에서 길쭉하게 찍어 냈으니까 그렇지."

엄마는 내 말을 무시한 채 빵에게 말을 건넸다.

"그래 애, 내가 널 어디서 봤더라."

엄마의 눈빛이 이상야릇하게 반짝였다. 엄마만의 중얼거림이 시작됐을 때야 나는 아차, 뭔가 잘못됐다는 걸 알아챘다.

엄마에게 방금 전 건넨 소보로빵은 내가 상상할 수 없는 세계를 품고 있는 빵 이상의 '무엇'이었다. 엄마는 집 안의 모든 사물들은 물론, 우리 눈에 보이지 않는 그 어떤 것과도 말을 나눌 수 있다는 걸 깜빡했다. 거울 속에 비친 엄마 모습도, 베개도, 하다못해 엄마가 매일 쥐고 밥을 떠먹는 숟가락도 어느 순간엔가 엄마만이 아는 '무엇'으로 둔갑했다. 언제, 어느 순간에 꽂히는지는 잘 모르겠지만 갈수록 그 증상은 점점 심해졌다. 슈퍼에 빵을 사러 갈 때마다 삼 단짜리 빵 진열대에서 빵을 고르는 내 손이 자꾸만 허공을 맴도는 것도 바로 그 때문이다.

"안 먹을 거면 이리 줘."

빵을 빼앗으려 하자 엄마는 눈을 부릅떴다.

"안 돼!"

엄마는 빵을 가슴팍에 끌어안고 빼앗기지 않으려는 듯 필

사적으로 몸을 흔들어 댔다. 빵 부스러기가 엄마의 가슴팍에 떨어졌다. 엄마가 집착을 보이면 더 이상 말릴 수 없다.

"엄마, 그거 빵이잖아. 인형이 아니라니까."

짜증이 나서 소리를 질렀다. 그래도 엄마의 의심 가득한 눈은 풀어지지 않았다. 엄마와 이런 말씨름을 한 게 한두 번이 아니었다. 눈치껏 넘어가는 게 약이라는 걸 알면서도 나는 번번이 엄마를 이해할 수 없어 미칠 것 같았다.

정상적인 사람의 뇌는 호두 알맹이처럼 생겼다고 한다. 엠아르아이라는 기계로 찍은 엄마의 머릿속은 잇자국이 나게 갉아먹다 버린 사과 같았다. 나는 벌레가 꼬물꼬물 기어 나올 것 같은 엄마의 머릿속 사진을 오래도록 쳐다봤다.

"처음엔 과도한 스트레스로 인한 건망증이나 기억력 감퇴로 착각하기도 합니다. 젊은 나이니 의심하지 못했을 수도 있었을 테고요. 초로 치매라고 들어 보셨지요? 환자분의 경우는 알츠하이머에 해당되는데, 망상을 보는 게 일반적인 증상입니다. 특정한 사물에 자신을 투영해 머릿속에 있는 이야기를 만들어 내기도 하죠. 여기 빈 공간이 많이 보이지 않습니까?"

의사선생님은 반딧불이처럼 움직이는 레이저 포인터로 엄마의 뇌 사진 한 부분을 가리켰다.

"망상이 이 빈 공간을 채우는 겁니다. 상태가 심해지면 행동장애도 오고 현실적인 판단력은 물론 방향감각도 떨어지게 됩니다. 치매의 일반적인 증상들이죠. 조기에 발견해서 치료하면 병의 진행을 늦출 수 있기도 하지만 환자분의 경우는 때가 많이 늦었습니다."

아빠는 엄마를 잃어버렸을 때보다 더 심한 충격을 받았는지 아무 말도 못 하고 손바닥으로 마른 얼굴만 씻어 내렸다.

엄마는 자신이 누구인지도 모른다. 아빠와 오빠와 나를 알아보지 못할 때도 있었다. 엄만 기껏해야 일곱 살짜리 수준으로 변해 엄마만의 세계에 갇혀 있었다. 엄마가 보는 망상의 세계는 스펙트럼이 다양해 아무도 그 안에 어떤 이야기가 담겨 있는지 모를 수 있다고 의사선생님은 덧붙였다.

엄마가 돌아온 지 석 달이 지났지만, 의사선생님 말대로 본래의 엄마 모습은 온데간데없었다. 엄마는 정말 일곱 살에서 멈춰 버린 걸까. 아니면 점점 더 어린애가 되어 가는 걸까?

엄마가 돌아온 건, 갑자기 사라져 버린 지 열 달 만이었다. 아빠가 애타게 찾아 헤매던 엄마는 아빠가 한 번도 가 본 적이 없는 도시의 장애인 보호시설에 있었다. 엄마를 찾은 날, 아빠는 이제 됐다고 했지만 엄마를 찾은 그날 하루만 기뻤다. 집을 나갈 때 마흔다섯 살이었던 엄마는 겨우 일곱 살짜리 어린애가 되어 돌아왔으니까.

나는 엄마를 달래 소보로빵 대신 내가 먹으려고 사 온 크림
빵을 건넸다.

"이거 먼저 먹으면 이따가 줄게."

엄마는 미심쩍은 눈으로 부스러기가 떨어져 나간 빵을 내
게 건네주었다. 소보로빵이 든 봉지를 등 뒤에 감춘 채 슬그
머니 엄마 눈치를 보았다. 다행히 엄마는 크림빵을 크게 한입
베어 물었다.

"엄마, 그때 왜 집에서 나갔어?"

아무 생각 없이 우걱우걱 빵을 씹어 먹는 엄마를 볼 때면 화
가 치밀어 자꾸만 물어보게 된다. 엄마는 눈을 똥그랗게 뜨고
고개를 잘잘 흔들었다. 엄마의 반응은 항상 똑같았다. 아무것
도 모른다는 듯이 큰 눈을 끔뻑끔뻑하는 것도.

아빠는 이제 엄마에게 묻는 걸 포기했다. 대신 엄마가 가장
대답을 잘할 수 있는 것들만 물어본다. 일테면 집에 돌아온
아빠가 엄마에게 하는 첫마디는 "나 누군지 알아?" 하는 말이
었다.

"응, 알아. 박풍일."

엄마가 아빠의 이름을 아는 건 아빠가 수십 번도 더 가르쳐
줬기 때문이다.

"당신 이름은?"

"김창순."

엄마 이름이 김창순이란 걸 가르쳐 준 것도 아빠였다.

아빠가 묻는 말에 또박또박 대답하는 엄마를 보고 있으면 머릿속이 복잡해졌다. 내 머릿속도 호두 알맹이처럼 생겼나 한번 쪼개 보고 싶을 정도였다. 다음은 오빠와 내 이름을 대답할 차례. 아빠가 빼먹고 묻지 않으면 약간 서운한지 울듯한 표정으로 나를 쳐다보며 코를 찡긋거렸다. 물론 내가 먼저 말해도 안 된다. 엄마가 대답해야 할 말을 가로채면 안 되니까. 요즘은 일곱 살짜리도 엄마처럼 바보같이 굴진 않는데.

빵을 먹고 난 엄마는 바로 베개를 베고 드러누웠다.

"엄마, 일어나. 약 먹어야지."

엄마가 내 팔을 붙잡고 몸을 일으켰다. 곰처럼 덩치만 큰 엄마의 무게가 내 몸에 묵직하게 실렸다. 엄마는 말 잘 듣는 아이처럼 손바닥에 놓아 준 알약 세 개를 한꺼번에 털어 넣고 물을 반 컵 마신 뒤 고개를 뒤로 젖혀 약을 삼켰다. 약을 삼키면서 엄마는 바보스럽게 머리통을 흔들어 댔다. 엄마의 저런 모습이 나를 절망하게 한다. 가끔은 내가 딸인지 엄마가 내 딸인지도 헷갈린다.

엄마가 잠든 걸 보고 내 방으로 건너왔다. 안방과 나란히 붙은 내 방은 자그마했다. 한쪽 벽면은 이불을 올려놓은 다섯 칸짜리 서랍장이, 유리창 옆의 벽면은 커다란 독서실 책상이 차지하고 있다. 양쪽으로 칸막이가 달리고 형광등까지 장착된 독서실 책상은 열세 살 생일날 받은 선물이다. 중학생이 되면 아빠가 손수 만들어 주겠다고 했지만, 나는 친구가 가진 것과 똑같은 책상이 갖고 싶어 빨리 사 달라고 조르고 졸랐다. 엄마는 책상을 사 주고 보름쯤 뒤에 감쪽같이 사라져 버렸다.

책상은 정리해도 늘 어지러웠다. 오빠가 쓰던 구형 컴퓨터를 내 책상에 올려놓은 다음부터 책을 맘껏 펼 수도 없다. 내가 그렇게 게임을 하고 싶다고 할 때 자기 방에 들어가지도 못하게 하던 오빠는 스마트폰에 게임 어플을 깐 다음 말썽만 일으키는 고물 컴퓨터를 내 방으로 옮겨다 놓았다.

툭하면 말썽을 일으키는 이런 고물 따원 필요 없다. 스마트한 노트북이라면 모를까. 시커먼 바윗덩어리처럼 덩치만 큰 데스크톱으로는 겨우 학교 과제 몇 개 하는 것 말고는 별로 쓸 일이 없었다. 하지만 아빠는 언제 쓰게 될지 모른다며 버리지 못하게 했다.

다른 땐 쳐다보지도 않으면서 괜히 짜증이 나서 데스크톱의 파워 버튼을 세게 눌렀다. 윙, 하고 본체 팬 돌아가는 소리가 요란했다. 검은 화면이 밝아지는 동안 나는 나도 모르게 소보로빵을 질겅질겅 씹었다. 밀가루 맛만 났다. 검은 화면은 번개를 맞은 것처럼 몇 번 끔뻑거리더니 느린 속도로 밝아졌다. 구름이 몽실몽실 떠 가는 초원에 뾰족한 지붕을 가진 이층집이 바탕화면에 펼쳐졌다.

"저런 집에서 사는 사람들은 어떤 사람들일까?"

무심코 중얼거리다가 나도 모르게 씹던 빵을 꿀꺽 삼켰다.

손에 든 길쯤한 소보로빵을 골똘히 쳐다보았다. 엄마에게 이 빵은 무엇으로 보였을까? 정말이지 뭐가 보이긴 보인 걸까? 나는 한입 베어 먹은 빵을 봉지에 구겨 넣고 겨우 부팅이 된 컴퓨터의 시스템 종료를 클릭했다.

그럼 그렇지. 내가 이럴 줄 알았어!

우리 집엔 제대로 된 게 하나도 없다. 부팅 속도도 거북이처럼 느려 터진 게 도무지 꺼질 생각을 안 했다. 종료 중이라는 메시지만 약 올리듯 동동 떠다녔다.

대체 언제까지 기다리라는 거야?

콘센트에 꽂혀 있는 컴퓨터의 플러그를 확 뽑아 버렸다. 팬 돌아가는 소리가 사라지자 순식간에 집 안이 고요해졌다. 마치 집이 텅 빈 것처럼.

엄마는 우리 동네 사거리에 있는 김밥천국에서 일했다. 매일 밤 열 시부터 아침 여섯 시까지. 엄마가 김밥천국에서 일하기 시작한 건 아빠가 일자리를 잃었기 때문이다.

"인간의 탈을 썼다면 그럴 순 없지. 어떻게 몇 년씩 한솥밥 먹은 사람들을 감쪽같이 속이고 도망을 가."

아빠가 다니던 공장이 망했을 때, 엄마는 거의 잠을 자지 못했다. 며칠 동안은 머리를 싸매고 누워 아침밥도 하지 않았다. 김밥천국에 일을 나가기 시작했을 때도 아빠가 공장을 망하게 하기라도 한 것처럼 잔소리를 해 댔지만, 그래도 좋은 날이 올 거라고 말한 건 엄마였다.

그런데 어느 날 갑자기 엄마가 사라져 버린 거다. 아빠한테 돈이 없다고 집을 나갈 엄마가 아니었다. 아빠는 돈만 못 벌지 술 먹고 들어와 엄마를 때린 적도, 우리를 괴롭힌 적도 없었다. 엄마가 잔소리를 해도 엄마 눈치를 보면서 몹시 미안해했다. 어쩌다 술을 마시고 들어오면 오빠와 나를 양쪽 겨드랑이에 끼고 사랑한다, 미안하다, 쪽쪽 소리가 나게 뽀뽀를 해 댔다. 아빠가 직장을 잃은 것 때문에 속이 상해서 집을 나가 버릴 엄마였다면 김밥천국에도 나가지 않았을 거다.

엄마가 사라진 후 나는 온갖 상상을 다 해 봤다. 엄마가 가짜일지도 모른다는 생각. 그동안 엄마는 오빠와 내가 상처를 받을까 봐 계모라는 걸 숨기고 진짜보다 더 잘해 줬다?, 아니면 엄마에게도 애인이 있다?, 그런데 엄만 진짜였다. 오빠와 나를 낳고 젖을 먹이면서 찍은 사진도 있었다. 그럼 아빠가 가짜라야 하는데, 이건 좀 웃겼다. 엄마와 아빠의 결혼사진이 우리 집에 떡하니 걸려 있기 때문이다. 웨딩 사진 속 신랑신부는 누가 봐도 우리 엄마와 아빠가 분명하다. 엄마가 가짜라는 것보다 엄마에게 애인이 있다는 상상은 떠올리는 것만으로도 기분이 나빴다. 그보다는 차라리 엄마가 가짜라는 게 나았다. 그렇다면 누군가에게 납치를 당했거나 교통사고를 당했을지도 모른다는 생각……. 무서웠지만 가장 그럴듯했다. 그래서 믿고 싶지 않았다.

아빠는 오래전의 교통사고를 떠올렸다. 내가 초등학교 2학년 때였다. 엄마는 아빠가 모는 차를 타고 있었는데, 아빠에 비해 엄마는 좀 심하게 다쳤다. 트럭이 엄마가 앉아 있는 조수석의 옆구리를 들이받았다. 엄마는 3주나 병원에 입원해 있었다. 속이 울렁거리고 두통이 가라앉지 않아서였다. 머리를 다치긴 했지만 수술을 해야 할 만큼 큰 이상은 없었다. 아빠는 엄마가 좀 더 입원해 있길 바랐지만, 엄마는 통원 치료를 받으면 된다고 고집을 피웠다. 아빠 차를 들이받은 트럭이 뺑소니를 쳤기 때문이다.

엄마의 휴대폰은 전원이 꺼져 있었다. 밤새 엄마 휴대폰으로 전화를 걸어 댄 아빠가 절망적인 목소리로 중얼거렸다.

"네 엄마가 뺑소니를 당한 게 맞다. 그렇지 않고서야……."

그다음 날, 아빠는 엄마를 찾아 달라고 경찰서로 찾아갔다. 경찰은 뺑소니 같은 교통사고는 신고가 들어올 테니 기다려 보자고 했다. 그리고 납치나 가출일 경우도 배제할 수 없다고 했다. 아빠는 납치라는 말에 얼굴이 파랗게 질렸지만 엄마의 가출은 믿을 수 없다고 했다. 나는 아무것도 믿고 싶지 않았다.

아침에 퇴근한 엄마는 언제나 아침밥을 먹여 오빠와 나를 학교에 보내고 우리가 학교에 간 사이에 잠을 잤다. 그날 엄마는 몸이 아파 이틀째 김밥천국에 출근하지 않았다. 엄마는 우리에게 아침밥도 차려 주지 못했다. 엄마는 병원에 다녀와 약을 먹고 잠이 들었을 것이다. 학교에서 돌아와 보니 엄마가 누웠던 이부자리 곁에 약 봉지가 있었다. 엄마만 감쪽같이 사라졌다. 엄마가 어떤 옷차림을 하고 무슨 일 때문에 나갔는지 아무도 몰랐다.

엄마가 사라졌다는 걸 받아들이게 되었을 때, 나는 좋은 일만 생각하기로 했다. 좋은 일을 자꾸 생각하다 보면 힘이 생긴다고 말한 건 느티나무 공부방의 대장인 '뚱' 선생님이었다.

"두희는 누구보다 철이 들었으니까 선생님이 하는 말을 이해할 수 있을 거야. 불행한 일을 극복하려면 좋은 쪽으로 생각해야 힘이 생겨. 쉽지는 않겠지만 희망을 가지고 좋은 쪽으로 생각하려고 노력해 봐. 너를 위해서, 그리고 엄마를 위해서. 그럼 언젠간 엄마도 돌아오실 거야."

좋은 쪽으로 생각해도 불길한 생각이 자꾸자꾸 끼어들었지만, 절망적인 생각만 하면서 살 수는 없었다. 친구들이 농담을 하거나 웃긴 소리를 하면 나도 모르게 깔깔거리며 웃었다. 그러다가도 엄마 생각이 떠오르면 갑자기 가슴이 서늘해졌다.

김밥천국 간판만 쳐다봐도 엄마가 떠올랐다. 그래도 어쩔 수 없이 그 앞을 지나가게 될 때면 아예 고개를 돌려 버리거나 눈을 감았다. 하지만 나도 모르게 슬쩍 눈을 뜨고 빤히 쳐다볼 때도 있었다. 엄마가 일하던 김밥천국에는 새로 온 아줌마가 앞치마를 두르고 엄마가 일하던 자리에서 김밥을 말고 있었다. 엄마는 소풍이나 행사 때문에 단체 예약이 있을 때는 김밥만 몇 백 줄 쌀 때도 있었다. 엄마는 김밥을 싸는 데는 달인이었다. 〈생활의 달인〉 같은 티브이 프로그램에 나가도 아깝지 않을 솜씨였다.

김밥천국이 있는 코너를 돌 땐 나도 모르게 주문을 외우기도 했다.

제발, 엄마 나타나라 짠!

세상에 그런 일이 일어날 거라곤 생각 안 했지만 불길한 생각을 하면 힘도 빠지고, 걷기도 싫어졌다. 내 상상력은 터무니없이 커져서 코너를 돌기도 전에 가슴이 터져 버릴 듯 벌렁거리기도 했다. 하지만 어느 때부턴가 나는 엄마가 일했던 김밥천국 근처에는 얼씬도 하지 않았다. 뚱 선생님의 말은 단지 위로일 뿐이라는 걸 깨달았으니까. 하지만 언젠가 엄마가 우리 곁으로 돌아오리란 건 믿기로 했다. 그렇게 믿지 않으면 숨조차 쉴 수 없을 테니까.

그런데 엄마가 눈앞에 있는 지금도 나는 자꾸만 의심하게 된다.

저 사람이 우리 엄마인가?

엄마가 돌아온 날 밤, 나는 엄마 곁에 꼭 붙어서 잤다. 엄마가 나를 끌어안아 줄 때, 나는 엄마 품속에서 몰래 눈물을 훔쳤다. 엄마 냄샌 이런 거구나. 엄마 냄새를 처음 맡아 보는 기분이었다. 오늘 맡은 엄마 냄새는 죽을 때까지 잊지 말아야지 생각했다. 하지만 엄마가 바지에 오줌을 지리고 똥이 마렵다며 울상을 지을 때 혼자 다짐했던 생각을 깨끗이 지워 버렸다.

아빠는 망가져서 돌아온 엄마 곁에서 오랫동안 자책했다. 오래전의 교통사고가 엄마를 조금씩 망가뜨리고 있었던 게 아닐까 생각했다.

'그때 네 엄마를 제대로 치료했더라면 이런 일이 없었을 텐데……'

아빠가 자책하며 중얼거릴 때마다 나는 엄마가 없던 시간을 떠올렸다.

우리는 엄마가 없는 열 달 동안, 슬픔을 꺼내지 않으려고 애쓰며 우리끼리의 생활에도 익숙해져 갔다.

"이 없으면 잇몸으로 살아야 한다."

밥하고 국 끓이고, 설거지하고 청소하는 법을 가르치며 아빠는 말했다.

처음엔 힘들었지만 차츰 익숙해지니까 요령도 생겼다. 빨래는 세탁기에 돌리면 되고, 청소는 하고 싶을 땐 하고 하기 싫을 땐 내일로 미룰 수도 있었다. 하지만 이젠 우리끼리만 살 때와는 달랐다. 엄마에게 일어나는 일을 청소나 빨래처럼 미뤄 둘 수는 없으니까.

엄마 옆엔 항상 누군가가 붙어 있어야 했다. 엄마가 돌아온 후 내가 해야 할 일은 더 많아졌다. 트럭에 과일을 싣고 다니면서 장사를 하는 아빠는 엄마 때문에 다른 일은 할 수 없었다. 하루 종일 집을 비울 수도 없고, 엄마 때문에 급한 일이 생길 때마다 일하다 말고 집으로 올 수 있는 직장을 구할 수 없기 때문이다.

우리 식구에게 엄마는 함부로 떼어 낼 수 없는 커다란 혹과 같다. 엄마이기 때문에 떼어 내서 버릴 수도 없고, 그렇다고 아무 데나 달고 다닐 수도 없을 만큼 무거운 혹.

사라진 도라에몽

우리 골목 사람들은 우리 엄마가 겨우 일곱 살밖에 안 된다는 걸 거의 다 알고 있다. 엄마가 감쪽같이 사라져 버렸을 때도 이러쿵저러쿵 말이 많았다. 아빠를 보면 쯧쯧 혀를 차는 사람도 있었고, 오빠와 나를 불쌍한 눈으로 보는 사람도 있었다. 대개는 엄마가 사라지고 얼마 안 돼 우리 집 일을 까맣게 잊어버렸지만 말이다.

골목 입구에 있는 공터를 지나 좁은 골목길로 들어오면 막다른 곳의 까만 대문집이 우리가 살고 있는 집이다. 이 집으로 이사를 온 건 내가 초등학교 4학년 때다. 이삿짐 트럭이 대문 앞까지 들어오지 못해 이삿짐 트럭을 공터에 세워 놓고 짐을 져 나르던 이삿짐센터 아저씨들이 무지 투덜거렸다.

이 집으로 이사 올 때만 하더라도 공터에는 텀블링대가 있었다. 텀블링대를 지키던 할아버지는 공터 구석에 놓인 낡은 컨테이너에서 살았다. 잔뜩 꼬부라진 등이 꼽추처럼 툭 튀어 나온 할아버지는 허리띠 대신 끈으로 바지춤을 질끈 묶고 다 녔다. 꾀죄죄한 몰골 때문인지, 아이들만 보면 헤벌쭉 입을 벌리고 웃어서 그런지, 짓궂은 아이들은 할아버지에게 함부 로 반말을 하기도 했다.

텀블링대는 큰 판, 작은 판 두 개로 되어 있었다. 둥근 쇠막 대로 사방 기둥을 박아 놓고 굵은 녹색 그물로 칸을 쳐 놓았 다. 30분에 오백 원씩이었는데, 큰 판엔 한꺼번에 열 명이 올 라가서 뛸 수도 있었다. 오백 원을 내고 한 시간을 뛰어도 돈 을 더 받지 않을 때도 있었다. 학교에서 돌아온 아이들은 컨 테이너 앞에 가방을 던져 놓고 여럿이 떼를 지어 와르르 텀블 링대 위로 올라갔다. 두 팔을 벌리고 소리를 지르며 팡팡 뛰 어 대는 아이들은 누가 더 높이 올라가나 내기를 했다. 여름 내내 해가 진 뒤면 아이들의 왁자지껄한 웃음소리와 조잘거 림으로 골목이 시끌벅적했다. 과자봉지와 아이스크림 막대 기, 떡볶이 국물이 벌겋게 묻은 종이컵 따위들이 뒹굴어 공터 는 늘 지저분했다.

텀블링 할아버지는 늘 컨테이너 앞에 내다 놓은 소파에 앉 아 아이들이 노는 모습을 물끄러미 쳐다보며 시간을 보냈다.

나는 가끔, 아이들이 없을 때 혼자 작은 판에 올라가 뛰었다. 스프링으로 연결해 탱탱하게 조여 놓은 바닥판은 뛰는 만큼 내 몸을 높이 밀어 올렸다. 내 몸이 마치 로켓처럼 하늘을 향해 발사되는 듯했다. 긴 머리카락이 얼굴을 휘감았고, 저절로 두 팔이 펄쩍펄쩍 쳐들렸다. 무엇보다 텀블링대에서 뛸 때는 아무런 생각도 나지 않아 좋았다. 머리통과 몸이 내 것이 아닌 것 같았고, 엄마의 잔소리나 학교에서 생겼던 기분 나쁜 일들도 하얗게 날아갔다.

"삼백 원어치만 뛸게요."

나는 백 원짜리 동전 세 개를 할아버지 손바닥에 올려놓으며 떼를 쓰기도 했다. 할아버지는 '아무렇게나 하려무나' 하고 말하듯이 고개를 끄덕이며 자물쇠를 걸어 놓은 작은 판 문을 열어 주었다. 삼백 원어치만 뛰고 내려온다고 해 놓고 실컷 뛴 후에 그대로 벌렁 드러누워 깜빡 잠이 들어 버린 적도 있었다.

새로 이사 온 집이 마음에 안 들었지만, 새로 사귄 친구들과 아직 친해지지 않아 외로웠지만, 그땐 텀블링이라도 뛸 수 있어 좋았다.

그런데 가을 무렵의 어느 날 학교에서 돌아와 보니 텀블링대가 사라지고 없었다. 텀블링대가 있던 움푹한 바닥에는 햇빛을 보지 못해 가느다랗게 누운 풀만 듬성듬성 남아 있었다. 관할 구청에 민원이 들어가서 철거반원들이 텀블링대를 없애 버렸다고 했다. 그리고 얼마 뒤 텀블링 할아버지마저 보이지 않았다.

공터에는 컨테이너만 덩그러니 남았다. 녹이 슬어서 아무도 손대지 않을 것 같은 컨테이너는 눈과 귀, 입이 뭉그러진 괴물처럼 보였다. 지난겨울 눈이 많이 내렸을 땐, 눈을 뒤집어쓴 컨테이너가 벌판에 잔뜩 웅크리고 있는 거대한 백곰처럼 보였다. 어느 날 갑자기 컨테이너 창문에 불빛이 보이기 전까지는 말이다.

공터에서 골목으로 들어오는 첫 번째 집은 길 쪽의 담장이 등나무로 뒤덮여 있었다. 등나무집에는 도운이 할머니와 단둘이 살고 있다.

성은 도, 이름은 운.

배싹 마른데다 중학생이 되면서 갑자기 키가 훌쩍 커 버린 도운은 웃으면 가자미처럼 눈이 눈두덩에 묻히는 게 매력이다. 볼은 아직 젖살이 덜 빠져 도톰했지만 언제부턴가 도운이 '남자'로 보인다는 게 문제였다.

도운은 작년 봄부터 느티나무 공부방에 나오기 시작했다.

방과 후 공부방인 느티나무에서는 뭐든 공짜다. 간식도, 밥도, 공연을 보러 가거나 견학을 가거나 놀이공원에 가는 것도. 외부에서 온 선생님들과 특별활동을 하는 것도. 느티나무 아이들은 학교가 파하면 학원에 가는 대신 느티나무 공부방으로 와서 시간을 보냈다.

나는 이 동네로 이사를 온 뒤부터 중학생이 된 지금까지도 느티나무에 다니고 있다. 교복을 입고 조무래기들이 득시글대는 공부방에 계속 다닐 생각은 없었다. 새처럼 훨훨 날듯이 나도 멋지게 공부방을 떠날 생각만 했으니까.

그런데 올해부터 중학생 반이 만들어졌다. 초등학교 6학년 때까지 느티나무에 다녔던 여자애들 중에 느티나무를 떠나지 못한 애는 나밖에 없었다. 엄마가 사라져 버린 일이 없었다면 어땠을지 모르지만 내가 느티나무를 떠나지 못하는 건 도운이 때문이기도 하다. 언제든 도운을 만날 수 있는 곳이기도 하니까.

도운은 느티나무에 처음 나타났을 때부터 연구 대상이었다. 말하자면 느티나무 아이들 사이에선 도라에몽, '또라이'라고 불렸다. 도운이 입만 벌렸다 하면 귓가에 손가락을 대고 뱅글뱅글 회오리를 만들거나, 대놓고 재수 없다고 말하는 애들도 있었다.

"선생님, 인간은 왜 이렇게 복잡하게 살아야 할까요? 누가 이렇게 만들어 놓았다고 생각하세요?"

도운이 심각하게 질문을 하면 공부방 선생님들도 공부나 하라고 함부로 윽박지르지 못했다. 나는 질문하는 도운의 심각한 표정을 보면서 배시시 웃었다. 그러니까 도운인 도라에 몽같이 이상한 소리를 할 때가 제일 멋있게 보였다.

"저 새끼, 밥맛없게 또 재수 없는 소리 하고 있네."

남자애들은 선생님들 앞에서도 도운에게 욕을 해 댔다.

"넌 애들이 또라이라고 놀려도 기분 좋니?"

애들의 놀림에도 표정 하나 안 변하는 도운이 답답해 물은 적이 있었다. 그때도 도운은 씩 웃으며 대답했다.

"내버려 둬. 바보 같은 자식들."

누가 뭐라 하거나 말거나 도운은 혼자서도 잘 노는 아이였다.

내가 아는 한 도운은 책을 가장 많이 읽는 아이이기도 했다. 느티나무 작은 서가에 가득한 책은 거짓말을 조금 보태면 모조리 읽어 치웠을 거다. 그런 도운을 두고 아이들은 "도대체 애가 현실감이 없어"라고 빈정댔다. 가끔 엉뚱한 소리로 선생님을 놀라게 하고, 애들에게 또라이 소리를 듣지만, 조잘조잘 수다스럽고 입 싼 '남자애'들과는 완전히 차원이 달랐다.

그러니까, 도운은 안드로메다계의 어디쯤에 있을, '별에서 온 애'랄까.

우리 골목에는 도운이 못지않은 안드로메다계의 인물이 한 사람 더 있다.

지난겨울, 눈을 뒤집어쓴 채 백곰처럼 웅크리고 있던 컨테이너가 두 눈에 불을 켠 듯 벌떡 일어선 것처럼 보인 건 아직 그 눈이 다 녹지 않았을 때였다.

밤에 아빠 심부름으로 슈퍼에 가던 길이었다. 눈에 뒤덮인 컨테이너 창문에 빨간 불빛이 마치 짐승의 눈처럼 반짝거렸다. '어, 텀블링 할아버지가 돌아왔나?' 생각하다 그럴 리가 없지, 고개를 흔들었다. 텀블링 할아버지가 사라지고 아주 오랫동안 컨테이너는 아무도 손을 대지 않은 채 방치되어 있었다. 그런데 돌아오는 길에 보니 컨테이너는 마치 아무 일도 일어나지 않았다는 듯 웅크린 그대로였다. 조금 전에 보았던 불빛도 보이지 않았다. 잘못 봤을 리가 없는데……. 뭔가에 홀린 듯한 기분이었다.

다음 날 오후, 학교에서 돌아오다 컨테이너에서 문을 열고 나오는 남자를 보고 하마터면 소리를 지를 뻔했다. 지난밤에 내가 잘못 본 게 아니었다. 앞머리가 홀떡 벗어진 남자였는데 구불구불하게 긴 뒷머리를 모아 꼬랑지처럼 묶은 건 뭐 그렇다고 치자. 한쪽 귀에는 굴렁쇠 같은 귀고리까지 달고 있었다.

텀블링 할아버지보다는 훨씬 젊었지만 어딘가 모르게 텀블링 할아버지와 닮은 듯, 이상한 구석이 느껴지는 아저씨였다. 아저씨는 나와 눈이 마주치자 씨익 웃었다. 마치 지퍼가 벌어지는 것처럼 큰 입이 벌어지더니 큼직하고 단단한, 약간은 누리끼리한 이가 드러났다. 나는 엎어지면 코 닿을 데 있는 집까지 뛰듯이 빠른 걸음으로 걸었다. 궁금했지만 꾹 참았다. 우리 집 대문 앞에까지 왔을 때야 흘끔 뒤를 돌아보았다. 아저씨는 공터 한가운데 서서 두 팔을 번쩍 쳐들고 상체를 뒤틀더니 그 자리에서 펄쩍펄쩍 뛰기까지 했다.

대체, 저 사람은 어디서 굴러온 거야?

내 궁금증이 무색하게 컨테이너 아저씨에 대한 소문은 골목에 자자하게 퍼졌다. 눈에 띄는 외모에, 그것도 몇 년씩 고물처럼 방치된 컨테이너에 떡하니 전깃불을 밝히고 아무렇지도 않은 듯 드나드니까. 텀블링 할아버지와 무슨 관계가 있을 거라고 말하는 사람도 있었다. 아무리 공터에 무허가로 세워진 거지만 주인의 허락 없이는 함부로 들어와 살 수 없다고 했다.

"어디서 굴러먹다 온 인간인지 모르겠지만, 하고 다니는 꼬락서니 하며 저 나이에 처자식도 없이 저러고 사는 인사가 오죽하겠냐."

컨테이너 아저씨를 보고 도운의 할머니는 쯧쯧, 혀를 찼다.

그러잖아도 도운의 할머니는 공터에 쌓이는 쓰레기 때문에 신경이 곤두서 있었다. 쓰레기 종량제 봉투에 담아서 공터 밖 큰길 전봇대 아래에다 내다 놓아야 하는데 검정 비닐봉지에 담아 공터에 슬쩍 버리고 가는 사람들이 있기 때문이다. 밤에 몰래 버린 쓰레기가 할머니 눈에 띄면 한바탕 난리가 났다.

"더러운 데는 더러운 것들이 꼬이게 돼 있어. 그러니 쓰레기는 하나라도 여기다 버리지 말어. 내 눈에 띄기만 해 봐, 가만두나. 양심들은 돈으로 바꿔 먹었나, 원."

할머니는 동네 사람들이 다 듣도록 카랑카랑하게 목청을 높였다.

도운의 할머니는 텀블링 할아버지가 사라진 뒤부터 공터를 '관리'해 온 사람이었다. 텀블링대를 철거한 움푹 팬 바닥에 쓰레기가 쌓이는 걸 두 눈을 부릅뜨고 지켜보았다.

동네 사람들은 텀블링대를 철거하도록 구청에 민원을 넣은 사람이 도운이 할머니일지도 모른다고 의심했지만, 우리 아빠나 내 생각은 달랐다. 오히려 조용하고 고상하게 살고 싶어 하는 공터 뒤쪽 그린빌라 주민들이 신고를 했으면 모를까. 동네 아이들이 텀블링대로 몰려드는 저녁 무렵이면 그린빌라 베란다에 나와 선 어른들이 공터를 향해 지르는 고함 소리가 들려왔다.

"좀 조용히 삽시다, 에?"

"이놈들, 입 다물고 뛰어. 하루 이틀도 아니고 원."

고함 소리에 아이들은 텀블링대 위에서 얼음땡을 당한 것처럼 순간적으로 조용해졌으나 그때뿐이었다. 텀블링을 뛰면 저절로 입이 열린다는 걸 뛰어 보지 않은 사람은 모른다. 저절로 터져 나오는 웃음소리와 탄성은 스트레스를 확 날려 버렸다.

도운의 할머니는 공터에서 노는 아이들에게 좀 조용히 하라고 잔소리는 했지만, 텀블링 할아버지에게 함부로 하지 않았다. 오히려 애들이 할아버지를 놀려 먹으며 반말을 하는 걸 보면 어른한테 버르장머리 없이 군다고 야단을 쳤다.

깔끔한 걸 좋아하는 도운이 할머니는 공터의 쓰레기를 치울 때마다 성깔 사납게 소리를 빽빽 지르긴 해도 인정이 있는 사람이었다. 그건 우리 아빠도 알고, 나도 안다. 그래서 도운이네 집에 무슨 일이 생기면 아빠는 언제나 달려갔다. 찬장 문짝이 고장 나서 닫히지 않을 때도 공구를 가지고 달려가서 문짝을 고쳐 주고, 화장실 변기가 막혀서 고생할 때도 고쳐 줬다.

"자식은 에미가 끼고 살아야 하는데……. 이 일을 어쩔꼬. 그저 무탈하게 돌아오면 좋으련만."

엄마가 사라졌을 때, 우리 집까지 찾아와 자기 집 일처럼 걱정해 준 사람도 도운이 할머니였다.

"에고고 불쌍한 것. 네 에미가 얼마나 조신하고 인정 있고 선한 사람이었는데. 어쩌다 이런 일이 생겨서는."

할머니는 끈끈한 눈으로 나를 안타깝게 바라봤다. 할머니의 눈에는 내가 한없이 불쌍해 보였을 것이다.

엄마가 사라지기 전, 그러니까 엄마가 멀쩡하게 동네 사람들과 얘기를 하고 지낼 때는 오히려 도운이 할머니가 손자를 떠안게 된 사정을 우리 엄마에게 얘기하기도 했다.

"애가 불쌍하긴 한데, 할머니가 잘 거두니 다행이지 뭐예요. 그래도 어떻게 애를 맡겨 놓고 한 번을 찾아오지 않는데요."

할머니의 사정 얘기를 듣고 엄마가 아빠에게 하는 소리였다.

"대체 어떤 사람들이래?"

"있잖아요, 거 무슨 지구 종말을 믿는 종교라나. 그런 종교에 빠져 사나 봐요. 할머니가 아무리 말려도 이젠 돌이킬 수도 없대요. 집까지 갖다 바치고 아예 세상과는 인연 끊고 사는 것 같아요."

"세상 말세야, 말세. 부모 자식도 소용없는 종교를 믿어서 구원은 받아 뭐하나, 말짱 헛거지."

아빠가 쯧쯧 혀를 찼다.

그때는, 그러니까 엄마가 사라지기 전에는 세상에서 도운이가 가장 안돼 보였다. 우리 엄마 아빠가 그런 사람들이 아니어서 다행이라고 생각했다. 갑자기 할머니 집으로 오게 된 도운이 우리 가족들의 식탁에서 이야깃거리가 되었을 때는 지금 우리에게 일어나고 있는 일에 대해선 상상할 수도 없었으니까.

엄마가 일곱 살 아이처럼 변해 돌아온 지금, 세상에는 내가 상상할 수도 없는 일들이 바로 내 앞에서 일어날 수 있다는 걸 깨달았다. 불행은 행복한 얼굴 뒤에 숨어 있다는 것도.

도운은 할머니 몰래 컨테이너에 들락거렸다. 컨테이너 아저씨가 누런 똥색 배낭을 메고 나가는 걸 봤는데, 도운이 나중에야 컨테이너에서 나오는 걸 보기도 했다. 그것도 학교에서 돌아와 집에도 안 들어갔는지 교복을 입은 채 말이다. 나는 엄마 때문에 느티나무에 드문드문 다녔지만, 할머니는 도운이 꼬박꼬박 느티나무에 가는 걸로 알고 있었다. 도운이 컨테이너에 들어가는 걸 우연히 본 날 할머니에게 도운이 어디

갔느냐고 물었는데 할머니는 공부방에 갔겠지, 하고 무심하게 말했다.

고자질을 하고 싶은 생각은 없었다. 할머니가 컨테이너 아저씨를 싫어하는 줄 뻔히 알면서 그러는 건 유치한 반칙이니까.

컨테이너 아저씨가 어떤 사람인지는 모르겠지만, 도라에몽 같은 엉뚱하고 이상한 정신세계를 가진 사람이라면 둘이서 같이 놀지 말란 법도 없다. 그래도 둘 사이가 깊어지는 건 어쩐지 신경이 쓰였다.

한번은 느티나무에서 만난 도운에게 슬쩍 떠봤다.

"아저씨가 나쁜 사람이면 어쩌려고 컨테이너에 막 드나들고 그러냐? 너네 할머니는 그 아저씨 싫어하시던데."

"사람을 겉으로만 보고 어떻게 아냐? 친구가 돼 봐야 알지."

도운이다운 대답이었다. 나는 괜히 질투가 나서 종알거렸다.

"요즘 이상한 사람들이 얼마나 많은데. 그 아저씨가 어떤 사람인지도 모르잖아."

"너는 당연히 모르겠지만 나는 아저씨와 친구라서 네가 모르는 것도 알아."

도운이 잘난 척하는 꼴은 가끔 도가 지나칠 때가 있었다.

"아저씬 자신이 누구인지를 찾고 있어. 기억을 잃어버렸대."

"헐…… 그러니까 더 정상이 아니라는 소리로 들리네."

"정상과 비정상을 구분하는 기준이 뭔데? 자신이 누구인지를 찾고 있는 사람이 어떻게 비정상이야."

도운이 지나치게 화를 내는 바람에 나는 입을 다물었다.

언젠가 어떤 책에서 기억상실증에 걸린 천재에 관한 이야기를 읽은 적이 있긴 하지만, 믿지 않았다. 텔레비전 드라마나 만화도 아니고 말이다.

"네 엄마랑은 차원이 다른 거야. 아저씬 어떤 운명의 장난에 의해서 지난 기억들을 잃어버렸다고."

도운이 목소리를 깔고 말했다.

"그래서? 우리 엄마가 아저씨랑 차원이 어떻게 다른데?"

속으로 겨우 눌렀던 화가 치솟아 나는 씩씩거렸다. 도운인 눈치도 없이 내 기분은 생각지도 않고 태연하게 말했다.

"아저씬 네 엄마처럼 어린애가 된 게 아니라, 정신적인 충격에 의해서 기억하기 싫은 어떤 부분을 잃어버린 거야. 순전히 아저씨 자신의 선택에 의한 것일 수도 있다는 얘기지. 이게 바로 차원이 다르다는 거야, 병에 걸린 것하고는. 문학적인 지식도 많아. 그게 바로 평범하지 않다는 거지."

"내 눈엔 사기꾼 같던데?"

우리 엄마랑은 차원이 다르다는 말에 자존심도 상했지만, 평범한 사람과 달리 지식도 뛰어난 사람이라는 얘기에 비위가 뒤틀렸다. 도운인 내 말에 피식 웃더니 컨테이너 아저씨가 『행복한 청소부』에 나오는 바로 그 청소부 같은 사람이라는 설명까지 보탰다.

『행복한 청소부』라면 느티나무 코흘리개들도 다 읽은 책이다. 독서 도우미 선생님이 와서 아이들에게 권한 책이었고, 나는 초등학교 2, 3학년 애들을 앉혀 놓고 그 책으로 낭독 봉사까지 했다.

유명한 음악가들과 철학자, 작가 들의 이름을 간판으로 내건 문화의 거리에서 간판을 닦는 청소부 아저씨는 어느 날 자기가 닦는 간판에 쓰인 유명한 사람들에 대해서 모르는 게 많다는 생각을 한다. 최소한 자신이 책임을 지고 있는 이 간판들의 인물에 대해서는 알아야겠다는 생각에 일을 마치고 집으로 돌아가 공부를 하기 시작한다. 아저씨가 닦는 간판에 적힌 작가들의 책을 찾아 읽고, 음악가의 음악을 듣고, 화가의 그림책을 찾아본다. 아침에 출근해서 청소하고, 저녁에 퇴근해 도서관에 가서 책을 빌려 읽거나 음악을 듣거나 공연장엘 간다. 귀찮게 구는 아내도 없고 돌봐야 할 자식도 없는 아저씨는 매일 밤마다 잠도 제대로 자지 않고 열심히 취미 생활만 하다 보니까, 그 거리 간판에 적힌 유명한 사람들에 대해서 모르는 게 없는 박사가 된다. 그 거리에서 유명해진 청소부 아저씨는 텔레비전 인터뷰도 하고 신문에도 실리고, 교수가 되어 달라는 요청도 받지만 모두 뿌리치고 죽을 때까지 청소부로 일한 이상한 아저씨다.

하지만 도운이 착각한 게 한 가지 있다.『행복한 청소부』의 주인공인 청소부 아저씨는 자기의 직업에 누구보다 충실한 사람이었다. 척 봐도 컨테이너 아저씨랑은 차원이 달랐다. 도운이 할머니가 얘기한 것처럼 하는 일도 없이 빈둥거리는 것만 봐도 그랬다.

"아저씬 요즘『율리시스』를 읽고 있더라."

"그게 뭔데?"

"제임스 조이스란 사람이 쓴 책인데, 문학의 정수라고 할 수 있지. 죽을 때까지 다 읽지 못할 수도 있는 책이래."

도운이 들은 건 있는지 뻐기며 말했다.

"세상에 그런 책이 어딨냐. 그럼 그 책을 쓴 사람은 어떻게 죽기 전에 그런 책을 다 썼대?"

"내 목표는 그 책을 읽는 거야."

내가 빈정거려도 도운인 자기 생각에 골똘해서 중얼거렸다.

진짜 웃기고 있네!

나는 속으로 흥 콧방귀를 뀌었다. 두 사람의 관계에 질투가 나서 참을 수 없었지만, 두 사람 사이에 내가 낄 자리가 없다는 게 내 질투심을 부채질했다.

실은 나도 컨테이너 아저씨에게 슬쩍 관심이 있다. 하지만 아직까지 말 한마디 나눠 보지 못했다. 아저씨는 나를 볼 때마다 지퍼가 벌어지듯이 이를 드러내며 씨익 웃었다. 그 웃음이 무슨 뜻인지 모르겠다. 나를 좋게 생각한다는 것인지, 나쁘게 생각한다는 것인지. 나는 아저씨가 나를 보고 웃을 때 하마터면 안녕하세요, 하고 인사할 뻔한 적도 있지만, 대체로 모른 척 무관심하게 굴었다.

그런데, 며칠째 도라에몽이 보이지 않는다.

등나무집이 조용했다. 방학식을 한 날부터였나?

나는 엄마한테 묶여 꼼짝없이 집에만 붙어 있었다. 1학기 방과 후 프로그램이 끝난 뒤부터 느티나무에도 가지 못했다. 골목에 나가 등나무집을 기웃거렸다. 여름 들어 내내 마당가 등나무 아래 평상에서 마늘 까는 부업을 하던 도운이 할머니도 보이지 않았다. 도운이네 집 출입문은 꼭 닫혀 있고, 평상에는 주렁주렁 매달린 보랏빛 등꽃이 진 뒤에 뒤틀린 줄기마다 푸지게 달린 등나무 잎들이 그늘을 드리우고 있었다.

방학을 한 날 도운에게 카톡으로 메시지를 보냈다.

'방학 때도 느티나무에 갈 거지?'

응답이 없었다. 평소에도 도운과 카톡을 자주 하는 편은 아니었다. 우리는 뭐랄까, 다정한 사이가 아니었다. 툭툭거리면서 싸우고 자존심 세우느라 마음에도 없는 말을 하면서 안 보이면 걱정되고 궁금한 사이랄까.

문자를 보내 놓고 속 보일까 전전긍긍하고 있었는데, 도운은 묵묵부답. 대체 어디에서 뭘 하고 있는지 답이 없다. 그러다 어제는 슬쩍 전화를 걸어 봤는데, 휴대폰이 꺼져 있었다.

무슨 일일까?

도운이랑 손 붙잡고 다니는 사이도 아닌데 마음이 이상했다. 도운이네 집이 조용하니까 우리 골목에 아무도 살지 않는 것처럼 고요했다. 도운이 여름방학을 맞아 부모님한테나 여행을 가는 건 그 애 마음대로인데, 한편으론 바짝 약이 올랐다. 컨테이너 아저씨야 동에 번쩍, 서에 번쩍 하는 사람이니까 내 알 바 아니지만, 어쩐지 컨테이너까지 숨을 죽이고 있는 것처럼 고요했다. 대체 이 사람들은 다 어디로 갔을까? 하늘로 솟았거나 땅으로 꺼지진 않았을 텐데…….

생각할수록 신경 쓰였다.

꿈꾸는 느티나무

열쇠를 만지작거리며 계단참에 쪼그리고 앉아 오빠를 기다렸다. 친구들과 도서관에서 만나 모둠 과제를 하고 끝나면 곧바로 집으로 올 거라고 했는데 아직 코빼기도 보이지 않는다. 아빠까지 아침 일찍부터 장사를 나간 오늘 같은 날은, 정말 하루가 길게 느껴졌다.

엄마는 오늘도 늦은 점심을 먹고 약을 먹은 뒤에 잠이 들었다. 집 안에서 무슨 소리가 나나 가만히 귀를 기울였다. 잠든 엄마를 혼자 두고 밖에서 문을 잠그려니까 기분이 좀 이상했다. 오빠가 올 때까지 엄마가 깨지 말란 법도 없지만, 엄마가 잠든 틈을 타 문을 잠그고 나간 걸 알면 아빠의 불호령이 떨어질 것이다. 나는 살금살금 다가가 이를 악문 채 문을 잠갔다. 자물쇠 물리는 소리가 톡, 하고 유난히 크게 들렸다.

조심스레 대문을 빠져나와 골목으로 나서자, 감옥에서 벗어난 것처럼 숨이 탁 트였다. 나는 뒤를 흘끔 돌아보았다. 언제부턴가 집에서 나오면 뒤를 돌아보는 습관이 생겼다. 집으로 다시 돌아올 생각을 하면 가슴이 답답해지는 것도 그때부터였다. 차라리 고아가 되었으면…… 못된 생각을 할 때도 있었다. 엄마 없이도 나는 무사히 초등학교를 졸업했고, 중학교 입학도 했다. 그 사이에 내게 일어난 일들을 엄마는 아무것도 모르고 있었다.

"엄마, 내가 중학교에 입학하던 날 어디서 뭘 했어?"

"애, 네가 중학생이니?"

내가 묻는 말에 엄마가 멀쩡한 목소리로 되물을 때도 있었다. 마치 처음 보는 아이에게 네가 누구냐고 물어보듯이. 언젠간 나도 아빠처럼 엄마가 대답할 수 있는 것만 물어볼 때가 올 것이다.

하지만 나는 아직 엄마를 이해할 수 없다. 그건 이해하는 게 아니라 받아들이는 것이라고 똥 선생님이 말했지만 여전히 내겐 힘들고 알 수 없는 일일 뿐이다.

집에서만 벗어나면 멋진 곳으로 갈 수 있을 것 같은 내 상상력은 일 분도 안 돼 사라진다. 『이상한 나라의 앨리스』에 나오는 앨리스처럼 깊고 구불구불한 동굴을 통과해서라도 멋진 궁전 같은 황홀한 세계에 도달할 수 있다면 나는 눈을 감고 높은 곳에서도 뛰어내릴 수 있는데 말이다.

여전히 문 닫힌 채 고요한 도운이네 집, 컨테이너가 있는 공터를 벗어나 큰길로 나오자 곧바로 시끄러운 세상이 펼쳐졌다.

4차선 도로의 건널목을 건너면 느티나무로 가는 골목과 이어졌다. 갈까, 말까 망설이다가 나는 길을 건넜다.

찻길만 건너면 정말 눈을 감고도 갈 수 있는 길이다. 나는 눈을 감고 더듬더듬, 천천히 걸음을 뗐다. 달걀 껍데기에 붙어 있는 얇은 막처럼 햇살이 감은 눈꺼풀에 들러붙었다. 나는 폐쇄된 피아노 공장의 긴 담벼락에 바싹 붙어 걸었다. 소보로 빵처럼 울퉁불퉁한 시멘트 담벼락의 질감이 손끝에 닿았다.

맞은편은 안 봐도 뻔하다. 나는 지금 청솔문구점 앞을 지나는 중이다. 밖에 내놓은 아이스크림 냉동고 앞에 아이들이 붙어 서서 시끄럽게 떠드는 소리가 들렸다. 이백 원, 삼백 원짜리 색색의 아이스크림은 느티나무 선생님들이 절대로 사 먹어선 안 된다고 금지하는 불량식품이다. 내가 좋아하는 건 요구르트를 얼린 삼백 원짜리 셔벗이다.

"이놈들, 자꾸 휘젓지 말고 얼른 꺼내. 손에 묻은 땟국물은 뭐야."

문구점 아저씨의 목소리에 나도 모르게 눈을 뜰 뻔했다.

담배를 물고 삐딱하게 아이스크림통을 짚고 서서 소리치는 문구점 아저씨의 얼굴이 떠올랐다. 여름에도 반바지를 입는 건 한 번도 못 봤다. 긴바지에 긴팔 남방셔츠를 입고 절룩거리면서 가게의 안팎을 오갔다.

청솔문구점 다음은 보미미용실, 그다음은 백조세탁소다. 백조세탁소 앞을 지날 때는 벌써 냄새가 달랐다. 독한 세제 냄새가 났다. 세탁소 아저씨가 재봉틀 앞에 앉아 있는지 드르륵 재봉틀 소리도 들렸다. 신문 보급소와 녹색의 주름살 많은 셔터가 매일 내려져 있는 생닭 보급소를 지나면 느티나무와 마주 보고 있는 샤론교회다. 샤론교회는 지하에 있지만 십자가는 3층 청하고시원 꼭대기에 높이 솟아올라 있다.

청하고시원의 유리창은 새파랗다. 여덟 칸 중에 가운데 다섯 칸에 '청하고시원'이 한 글자씩 적혀 있다. 작년에 느티나무에 잠깐 나오다 만 아이 중에 청하고시원에서 아빠랑 살던 애가 있었다. 그 애는 학교도 다니지 않았다. 뚱 선생님은 그 아이의 출석부도 만들지 않고 그 아이에게 밥과 간식을 먹였다. 그 애의 아빠는 좀처럼 볼 수 없었다. 기껏해야 열 걸음도 안 되는 곳에 있는데도 그 애는 느티나무에 나오는 애들 중에 가장 게으른 애였다. 고시원이 어떻게 생긴 곳인지 무척 궁금했지만, 그 애는 아무도 고시원 방에 데려가지 않았다. 손가락을 입에 문 채 아이들의 눈치만 보면서 돌아다니던 그 애는 어느 날부턴가 느티나무에 나타나지 않았다.

담벼락에 우툴두툴 돋아난 시멘트의 감촉에 손이 아렸다. 나는 이쯤에서 눈을 떴다. 울긋불긋한 녹이 핀 피아노 공장의 철문을 손으로 만지고 싶진 않았다. 철문을 지나자 곧바로 3층 건물 3층에 붙은 느티나무 공부방 간판이 보였다.

"오, 두희 왔구나. 이리 와서 간식 먹어라."

뚱 선생님이 오랜만에 온 나를 아무렇지도 않게 맞아 주었다. 넓은 거실에 아이들이 긴 탁자 양쪽으로 마주 앉아 샌드위치를 먹고 있었다. 촉촉한 빵 속에 삶은 감자 으깬 것과 다진 채소를 마요네즈에 비벼 속을 넣었다. 군침이 돌았다. 일부러 간식시간에 맞춰 온 건 아닌데, 이상하게 그렇게 돼 버렸다. 뚱 선생님은 한입 가득 샌드위치를 베어 물고 우물우물 씹었다.

넘치는 살을 감추려고 부대 자루 같은 옷만 입고 다니는 원장 선생님은 애들이 대놓고 '뚱'이라고 별명을 불러도 별 불만이 없었다. 오히려 실실 웃으면서 "내가 살이 좀 쪘지?" 하고 받아쳤다. 우리에게 선포한 살 빼기 프로젝트만 해도 몇 건은

될 것이다. 훌라후프 돌리기, 줄넘기, 하루 일식 줄이기 등등.
하지만 하는 족족 작심삼일이었다. 운동하는 것보다 먹는 걸
더 좋아하고, 먹는 것만큼이나 느티나무 아이들을 좋아했다.
음식을 남기거나 함부로 버리면 벌 받는다는 말을 자주 하는
뚱 선생님이 그보다 더 자주 하는 말이 있다.

"너희들이 내겐 희망이고 행복이야."

노처녀인 뚱 선생님한테 우리가 왜 희망이고 행복인지는
모르지만, 그땐 곧이곧대로 믿었다.

공부방 이름을 '느티나무'라고 지은 것도 뚱 선생님이었다.
수많은 나무들 중에 왜 느티나무라고 이름을 지었는지 아느
냐고 뚱 선생님이 퀴즈를 내듯 아이들에게 물은 적이 있다.
아이들은 자기가 생각하는 대로 아무렇게나 대답했다. 느티
나무가 잘생겼으니까, 비싼 나무니까, 느티나무밖에 아는 나
무가 없으니까……. 크하하. 아이들은 장난치듯 말하며 웃었
고 뚱 선생님도 아이들 말에 장단을 맞추며 웃었다.

"키가 크고 잎이 많아 그 그늘에서 아이들을 쉬게 할 수 있
거든요."

그때 도운이 손을 들고 말했다.

도운의 말에 아이들은 배꼽을 잡고 웃으며 뒹굴었다. 도운
의 말이 웃겨서가 아니라 뭐든 손을 들고 진지하게 말하는,

분위기 파악을 못 하는 도운의 태도 때문이었다. 아마 도운인 여러 사람이 있는 데서 방귀를 참을 수 없다면 손을 들고 '선생님! 방귀를 뀌어도 될까요?' 하고 묻고도 남을 애다.

뚱 선생님은 아이들을 향해 입가에 손을 모으고 속삭이듯 말했다.

"그래, 도운이 말이 맞아. 느티나무는 누구든 들어와 쉴 수 있게 그늘도 만들지만, 꿈꿀 줄 아는 나무거든."

나는 이제 그 말을 믿지 않는다. 그때는 뚱 선생님의 말에 고개를 끄덕이며 정말로 꿈을 꾸듯 선생님을 바라보았지만, 내 꿈은 느티나무 공부방에서 벗어나, 정말 멋진 세상으로 나가는 것이다. 그 세상이 어디에 있는지는 모르겠지만 말이다.

나는 뚱 선생님의 눈길을 피하며 비어 있는 자리에 가서 앉았다.

주방 선생님이 내 몫의 샌드위치 한 조각을 접시에 담아 왔다. 나는 촉촉한 샌드위치를 집으면서 아이들을 훑어보았다. 맞은편 끝엔 장미가 앉아 있다. 장미와 나는 학교도 다르고 사는 동네도 다르다. 느티나무에서만 만나는 친구다. 장미는 초등학교 6학년 겨울방학 때부터 느티나무에 오기 시작했는데, 나와는 꽤 친하다고 할 수 있다. 느티나무에서 동갑내기 여자아이인 우리 둘뿐이니까.

장미와는 단박에 친해졌다. 지난 겨울방학 땐 장미네 집에서 많이 놀았다. 나에겐 엄마가 없을 때였고, 엄마가 없는 집은 아무도 없는 집처럼 쓸쓸했기 때문이다.

장미는 술주정뱅이인 엄마와 둘이 산다. 고등학생인 장미 언니는 술 마시는 엄마와 싸우고 집을 나갔다. 장미 엄마는 청솔문구점 아저씨처럼 한쪽 다리를 심하게 전다. 장미가 제일 싫어하는 말은 '절름발이'라는 말이다. 초등학생 애들이 청솔문구점 아저씨에게 절름발이라고 놀리는 걸 장미에게 들키면 그 자리에서 살아남기 힘들다. 그건 장미의 자존심을 뭉개는 말이니까.

장미네 집은 지저분했다. 엄마가 있는데도 엄마가 없는 우리 집보다 더 어지러웠다. 방에는 장미 엄마가 마신 술병이 뒹굴었다. 장미는 방바닥에 널린 옷가지들과 그릇들을 발로 쓱쓱 밀어 치우고 나더러 앉으라고 했다. 처음 갔을 땐 지저분하고 더러워서 싫었는데 자주 가다 보니 면역이 생겨서 더러운 것도 아무렇지 않았다. 장미 엄마만 없으면 우리는 우리가 하고 싶은 대로 하고 놀았다. 옷장을 뒤져 장미 언니 옷을 꺼내 패션쇼도 하고, 라면도 끓여 먹고, 방방 뛰며 노래를 불러도 아무도 뭐라 하지 않았다. 장미네 집에서 노느라 느티나무에 결석도 해 봤고, 아빠한테 거짓말을 해서 혼나기도 했다.

반갑다는 뜻인지 장미가 눈을 찡긋했다. 나도 반갑다. 하지만 지금 장미한테 신경 쓸 때가 아니다. 공부방 어디에도 도운이 보이지 않았다.

"두희는 간식 먹고 선생님 방으로 좀 와라."

뚱 선생님이 먼저 자리에서 일어나며 말했다. 걸을 때마다 거위처럼 늘어진 커다란 엉덩이가 출렁거렸다. 요즘은 통 운동을 하지 않는지 살이 좀 더 찐 것 같았다. 하긴 조금만 뛰어도 땀이 비 오듯 쏟아지는데 잘못 뛰었다간 뚱 선생님 같은 경우는 졸도할 것이다. 그보다는 굶는 게 백 번 낫겠지만.

내가 사무실로 들어서자 뚱 선생님은 커피를 마시다 말고 의자를 내 앞으로 밀어 주었다.

"힘들지? 선생님이 말은 안 해도 두희한테 신경 쓰고 있어. 엄마는 잘 계시니?"

그냥 알은체만 하고 관심 끄면 좋을 텐데 물어볼 건 다 물어본다. 뚱 선생님, 먹고 싶은 것만큼이나 궁금한 것도 많은 사람이다. 느티나무 아이들 일에 대해서라면 모르는 게 없다. 스물여덟 명 아이들에게 일어나는 일에 대해서 꼬치꼬치 캐묻기를 좋아하고, 무엇이든 알려고 했다. 아이들이 아무리 떠들고 뛰어다녀도 야단치는 법도 없다. 하긴 느티나무 아이들이 뚱 선생님에겐 희망이자 행복이니까.

엄마가 돌아오고 나서 뚱 선생님이 우리 집을 찾아왔을 때 엄마는 뚱 선생님을 전혀 기억하지 못했다. 뚱 선생님이 커다란 손으로 엄마의 손을 잡아 주자 엄마는 어리둥절한 표정으로 나를 힐끔힐끔 쳐다보았다.

뚱 선생님은 우리 엄마를 어린애처럼 다뤘다. 지적장애 3급인 백경수를 다루듯이 말이다. 경수는 처음 보는 사람도 상관없이 누구에게나 파고든다. 무조건 배나 겨드랑이에 얼굴을 들이밀고 비벼 댔다. 선생님들이 여자아이들을 따로 불러 경수를 대할 때의 주의 사항을 말해 주었다.

"경수가 너희들 몸을 함부로 만지고 비빌 땐 놀라지 말고, 안 된다고 또박또박 말해야 해. 경수는 너희들과 생각의 구조가 달라. 그러니까 너희들이 조심하고 이해해야 하는 거야."

열 살인 경수는 겨우 초등학교 2학년이지만 그래도 우리 엄마보단 지능이 높다. 말도 안 되는 엉뚱한 소리만 해 대지만, 학교도 느티나무도 잘 다니고 있으니까.

"선생님 생각에는 다음 주부터 시작하게 될 방학 프로그램에 두희도 나왔으면 좋겠어. 자원봉사 오는 대학생 언니 오빠들한테 수학이랑 영어 학습 지도를 받을 수 있어. 이젠 슬슬 공부해야 할 때 아니니? 학원엘 다니면서 배우는 것과는 다르겠지만, 그래도 도움이 많이 될 거야. 오후엔 나올 수 있잖아.
두희는 어떻게 했으면 좋겠어?"

　뚱 선생님이 커피를 홀짝거리며 물었다.

　나는 손가락을 물어뜯으며 뚱 선생님의 말을 생각해 보았
다. 오후반에 꼬박꼬박 도장을 찍을 자신이 있느냐고 묻는 거
다. 느티나무는 놀이터가 아니기 때문에 오고 싶을 때만 올 수
있는 곳이 아니라는 건 나도 안다.

　느티나무에도 학교처럼 엄연히 약속된 규율과 규칙이 있었
다. 스물여덟 명의 아이들이 실타래처럼 엉키지 않고 지내려
면 반드시 지켜야 했다. 초등학생 때는 꼬박꼬박 스티커 도장
을 찍었다. 엄마가 사라지기 전까지, 나는 빈틈없이 스티커를
메우는 '착한' 학생이었다.

　엄마가 돌아온 뒤로 나는 느티나무에 자주 결석했다. 오빠
가 학교에서 돌아오기 전에는 느티나무에 올 수 없었다. 오빠
는 엄마를 보는 일이 귀찮아 일부러 학교에서 늦게 오기도 했
다. 방학을 했지만 아빠는 장사를 나가야 하고, 오빠 혼자서
만 하루 종일 엄마를 볼 수 없다. 엄마가 없을 때 아빠는 나를
느티나무에 보내야만 안심했지만 엄마가 돌아온 후, 사정이
달라졌다. 엄마를 돌볼 사람이 필요한 거다. 아빠는 오빠보다
나에게 더 많은 걸 기대하고 있다.

오늘처럼 엄마 혼자 잠들어 있는 집의 문을 잠그고 나올 때 내 기분이 어떤지 뚱 선생님은 알까? 이 세상에서 내가 가장 나쁜 아이가 된 것 같은 기분 말이다. 남의 물건을 훔쳤을 때보다, 거짓말을 했을 때보다 더 나쁜 짓을 한 것 같은 기분. 아무것도 모르는 엄마를 혼자 두고 온 불안감이 나를 이상한 감정에 빠뜨렸다. 나에게도 이런 말 못 할 고민이 있다는 건, 정말이지 뚱 선생님은 죽었다 깨어나도 모를 거다. 뚱 선생님에게 아픈 엄마가 있는 것도 아니고 어쨌든 남이니까.

"두희야. 음……."

내가 아무 대답이 없자 뚱 선생님은 음……, 하고 말끝을 늘였다. 곤란한 일이 생기거나 하기 어려운 말을 해야 할 때, 수다쟁이 뚱 선생님한테서 나오는 버릇이다. 내가 선생님을 빤히 쳐다보자 곧 선생님 얼굴엔 웃음이 떠올랐다.

"선생님이 아빨 한번 만나 볼까? 네가 아빠한테 말하기 힘들다면 말이야."

"아니에요."

"그럼 뭐가 문제야?"

"……."

뚱 선생님이 나긋한 목소리로 물었지만, 나는 할 말이 없다. 아니, 아무 말도 하고 싶지 않다. 말해도 소용없다는 걸 알기 때문이다.

"그래, 두희가 지금 얼마나 힘든지 선생님은 겪어 보지 않아서 잘 몰라. 그래서 미안해."

뚱 선생님은 나를 껴안고 내 어깨를 가볍게 두드렸다. 덩치 큰 선생님의 가슴에 잠깐 묻혀 있었는데 엄마한테 눌릴 때처럼 숨이 막혔다. 내가 아직도 초등학생짜리 애로 보이는 모양이다. 말로 해도 다 알아들을 수 있는데, 굳이 그 큰 덩치로 애써 안아 주지 않아도 되는데…….

하지만 뚱 선생님의 덩치가 불편한 건지, 뭔가를 결정해야 하는 일이 불편한 건지는 잘 모르겠다. 어쨌든 지금은 내가 다른 아이들처럼 느티나무에 나오지 못하는 것 때문에 확실히 불편한 건 맞다. 마치 남의 집에 놀러 온 것처럼 말이다.

"그런데 도운인요? 걔도 요즘 공부방에 안 나와요?"

내 얼굴이 살짝 붉어졌나? 나는 얼른 고개를 떨어뜨렸다.

"방학하고 할머니랑 부모님한테 간다고 하긴 했는데, 이삼 일이면 올 줄 알았더니 좀 오래 걸리네. 선생님도 연락해 봐야 해."

"선생님은 도운이 부모님이 어떤 분들인지 아세요?"

"글쎄, 무슨 뜻으로 하는 말이야?"

"그냥, 선생님이 아시나 궁금해서요."

"경기도 어디에 사신다는 것밖엔 몰라. 도운이 부모님을 뵌 적은 없어."

"선생님. 음……."

나도 모르게 음, 소리가 나왔다. 선생님이 '왜?' 하고 묻는 눈으로 나를 쳐다보았다.

"도운이 부모님은 이상한 종교를 믿는대요."

내가 말을 잘못 꺼낸 건가? 선생님의 표정이 묘하게 변했다. 정말 도운의 부모님에 대해서 아는 게 전혀 없는 건지, 아니면 알고 있는데도 모른 척하는 건지 표정만으로는 알 수가 없다.

"글쎄다……. 그건 우리가 신경 쓸 일이 아닌 것 같은데. 누구에게나 종교의 자유는 있으니까. 두횐 아까 선생님이 얘기한 거 다시 생각해 봐. 알았지?"

선생님은 살짝 웃음을 지었지만 속이 편해 보이지는 않았다.

"네."

나는 눈치껏 대답하고 일어섰다. 하긴 어른들은 어른들끼리 할 얘기가 따로 있으니까, 내가 간섭하는 게 엉뚱할지도 모른다.

뚱 선생님과 면담을 마치고 나오자, 거실이 야단법석이다. 초등학생들끼리 편을 갈라 '꼬리잡기'를 하느라 기다란 두 줄이 뱀처럼 휘휘 거실을 돌고 있었다. 앞사람 허리를 잡고 이어진 애들이 상대편에게 꼬리를 잡히지 않으려고 기를 쓰며 피해 다녔다. 작년까지만 하더라도 나는 저 철부지들과 어울려 뒹굴었다. 그런데 지금은 애들이 노는 모양을 보자 심란하기만 하다.

나는 이제 철부지 초딩이 아니다. 더 이상 '꿈꾸는 느티나무'에서 꿈을 꾸지도 않는다. 뭔가 눈에 보이지 않는 금 하나를 훌쩍 뛰어넘은 기분이랄까?

하지만 아직 열네 살짜리 중딩은 어린 티를 다 벗지 못한 애매한 철부지라고 말한 건 박앵숙 선생님이다. 이름 때문에 '앵두'라는 별명으로 통하는데 또순이라는 별명도 갖고 있다. 볼이 움푹 팰 정도로 깡마른데다 얼굴에 기미가 잔뜩 낀 자그마한 체구의 아줌마인데 뚱 선생님이 하지 못하는 악역을 도맡아 하면서 아이들의 군기를 잡았다. '앵두'라는 별명을 무척 싫어해서 대놓고 별명을 부르다 걸리면 따끔한 잔소리를 피해 갈 수 없다. 그러니까 앵두 선생님 앞에선 조심해야 할 것이 한두 가지가 아니다.

느티나무에는 두 명의 선생님과 주방 선생님 외에도 단기

간 자원봉사를 오는 선생님들이 있다. 그 선생님들이 나를 알아주면 친해지는 거고, 몰라주면 그냥 스쳐 지나가는 거다. 이름도 얼굴도 기억나지 않는 많은 자원봉사 선생님들이 느티나무를 거쳐 갔다.

그 선생님들은 과연 내 이름이나 기억하고 있을까? 내가 그 선생님들을 기억하지 못하는 것처럼 나를 기억하지 못할지도 모른다. 그런 건 슬픈 일이 아니다. 앞으로 내가 만나야 할 사람이 얼마나 많을지는 모르지만, 만나면 헤어질 수밖에 없는 게 남남이라는 것쯤은 진즉에 깨달았으니까.

앵두 선생님이 목청을 돋워 조용히 하라고 소리를 지르자 아이들은 입을 꽉 다문 채 흐느적거리듯이 물결을 이루며 뛰었다. 나는 아이들을 슬쩍슬쩍 비껴가며 주방 뒤쪽으로 난 좁은 복도로 잽싸게 돌아섰다. 백경수 눈에 띄기라도 했다간 곱게 풀려날 수 없을 테니까.

'물품 보관실'이라는 팻말이 붙은 조그만 방 안을 들여다보았다. 장미가 벽에 등을 기대고 앉아 휴대폰을 들여다보고 있었다. 슬쩍 보고 가려고만 했는데, 고개를 든 장미와 눈이 딱 마주쳤다. 나는 문을 열고 안으로 들어갔다.

"너 그동안 왜 안 나왔어? 나한텐 연락도 안 하고."

장미의 목소리가 뾰로통했다.

"바빴어."

나는 장미 맞은편에 기대앉았다. 내 뒤쪽으로는 앵글 선반에 북과 장구, 소고, 꽹과리 같은, 풍물놀이를 할 때 쓰는 악기들이 정리되어 있었다. 그 외에도 느티나무에서 행사 때마다 사용하는 여러 가지 보관 물품들이 어지럽게 쌓여 있던 방이었는데, 중학생 반을 만들면서 정리했다. 지금은 초등학생 금지구역, 중학생들만 공식적으로 드나들 수 있는 방이다.

전에는 이 방을 '비밀의 방'이라 부르며 아이들이 몰래몰래 들어와 놀기도 했다. 도운이 특히 이 방을 좋아했는데, 물건들이 어지럽게 쌓인 틈새를 비집고 들어앉아 누가 찾는지도 모르고 책을 읽었다.

"도운인 안 오니?"

장미가 물었다.

"왜 나한테 물어?"

"아니, 그냥 궁금해서. 같은 동네니까 넌 알 거 아니야."

"나도 몰라. 내가 뭐 도운이 꽁무니만 따라다니는 줄 아니?"

나도 톡 쏘아 주었다.

"너네 사귀는 거 아니었어?"

장미는 뭔가를 알고 있다는 눈빛이다. 아니면 요즘 장미와 조금 멀어진 것 같은데 나한테 시비를 걸고 싶은 건가? 그것도 아니면 장미도 도운이한테 관심 있는 건가? 장미는 눈치만 백 단인 게 아니라 연기력도 뛰어났다.

내가 아무런 대답이 없자 장미가 픽, 바람 빠지는 소리를 내며 웃었다.

"우리 집에 놀러 가지 않을래? 비밀 얘기해 줄 게 있어."

장미가 금세 표정을 바꿔 말했다. '비밀'은 확실한 장미의 무기다. 별것도 아닌 걸 가지고 비밀이라고 해서 따라간 적도 한두 번이 아니었다.

"무슨 비밀?"

"그런 게 있어. 우리 집에 가면 얘기해 줄게."

"비밀 먼저 얘기해. 그럼 생각해 볼게."

"같이 가면 말해 준다니까."

"나, 바쁘거든."

장미는 자기가 원하는 게 있으면 상대방이 싫다고 해도 끝까지 들러붙는다. 자존심도 없이 말이다.

"나중에 후회할걸. 우리 집에 맨날 놀러 올 땐 언제고."

장미가 입을 삐쭉거렸다.

말은 바로 해야지. 장미가 먼저 꼬드긴 게 더 많은데. 그런데 이젠 그런 걸 따지기도 싫다. 장미와 오래 같이 놀다 보면 나까지 수학 30점짜리 애로 보일지도 모른다. 나는 아무리 놀아도 장미처럼 30점짜리 시험 점수는 받아 본 적이 없다. 나 같으면 그 점수는 아무한테도 말하지 못할 텐데, 장미는 비밀이라면서 자기 시험 점수를 애들한테 말하고 다녔다. "이거 비밀인데" 하면서 묻지도 않은 것까지 다 털어놓았다. 대체 장미 머릿속은 어떻게 생겼는지 궁금하다.

엄마의 머릿속 사진을 보고 난 뒤부터 나한테는 이상한 버릇이 하나 생겼다. 사람의 얼굴을 쳐다볼 때마다 저 사람 머릿속은 어떻게 생겼을까 궁금해지는 거다.

내가 가장 궁금한 건 도운의 머릿속과 컨테이너 아저씨의 머릿속이다. 그 두 사람 머릿속은 정말이지 한번 쪼개 보고 싶을 정도다. 거기에 하나 더해서 백경수까지. 그러고 보니 온통 궁금하다. 느티나무 아이들의 머릿속과 우리만 보면 너희들은 내 꿈이고 행복이야,라고 말하는 뚱 선생님의 머릿속까지.

저녁 급식이 시작되기 전에 나는 느티나무를 나왔다. 갑자기 집에 혼자 두고 온 엄마가 떠올랐다.

지금 내가 무슨 짓을 하고 있는 거지?

느티나무 계단을 쿵쾅쿵쾅 뛰어 내려왔다.

오빠한테서 전화가 오지 않은 걸 보면 오빠 아직 집에 돌아오지 않은 게 분명하다. 나는 단숨에 느티나무 골목을 빠져나와 신호등도 보지 않고 차가 뜸한 4차선 건널목으로 들어섰다. 멀리서 달려오던 차가 나를 덮칠 듯 가까웠다. 머릿속에 빨간 불이 들어왔다. 아슬아슬하게 차를 피해 길을 건넜다. 아빠가 돌아오기 전에, 엄마가 깨기 전에 돌아가야 한다.

하지만 길을 무사히 건넜을 땐 딴생각을 하고 있었다.

도운인 언제쯤 돌아올까?

엄마의 외출

"당신도 따라가겠다고?"

"가고 싶어."

엄마는 장사 나갈 준비를 하는 아빠한테 매달려 끈질기게
졸랐다.

"하루 종일 밖에 있으려면 힘들 텐데."

"힘들어도 좋아. 당신도 힘들면 나도 힘들어야지. 당신만
힘들면 돼?"

"어쿠, 철들었네. 남편 생각할 줄도 알고."

아빠가 농담을 하며 웃었다. 저럴 땐 엄마가 꾀병을 앓고
있는 건 아닐까 착각할 정도다.

"그래도 날이 너무 뜨거워서 안 돼. 집에 있지그래."

"싫어. 나도 갈 거야. 무서워. 심심해. 심심해."

엄마가 같은 말을 반복할 때야 나도 모르게 헛웃음이 나왔다. 그럼 그렇지. 엄마의 능청스러움에 넘어갔다간 큰코다친다. 언제 어느 구간에서 엄마가 딴사람으로 돌변할지는 아무도 모른다. 엄마는 마치 브레이크가 고장 난 것처럼 궤도를 이탈해서도 마구 달리는 기차 같았다. 구겨진 레일 위에서도 멈출 줄 모르는 무적의 기차. 엄마는 우리가 사는 세상의 질서와는 전혀 다른 길을 달리고 있었다.

아빠는 할 수 없이 엄마를 데리고 세면실로 들어갔다. 수건으로 턱받이를 한 엄마는 쪼그리고 앉아 아빠에게 얌전하게 얼굴을 내밀었다. 엄마 혼자 두면 바가지나 세숫대야, 수도꼭지를 붙들고 얘기를 나누느라 시간 가는 줄 모를 게 뻔했다.

씻고 나온 엄마는 제법 말쑥했다. 엄마는 마음이 급해져서 아빠 뒤에 바싹 붙어 따라다녔다.

"당신은 집에 좀 있다가 심심하면 그때 두희랑 같이 와. 요기 집 근처 월드메르디앙에 자리 펼 거야."

아빠가 살살 달래도 세수까지 하고 나온 엄마를 말릴 수는 없었다.

트럭에 먼저 올라탄 엄마는 내릴 생각을 하지 않았다. 엄마는 두 다리를 꼭 붙이고, 입을 꾹 다문 채 앞만 보고 꼿꼿이 앉아 있었다. 화가 났다는 표시다. 엄마는 화가 나면 앉은 자세에서도 몸을 꼿꼿하게 세우는 버릇이 있었다. 그럴 때 엄마 몸에 손을 대 보면 몽둥이처럼 몸이 딱딱하게 굳어 있었다. 아빠가 운전석에 올라타고 시동을 걸자 그제야 엄마는 입꼬리를 풀고 헤실헤실 웃었다.

"집에 있거라. 이따 바쁠 때 전화할 테니."

아빠는 오빠와 내게 단단히 주의를 주었다.

수박을 가득 실은 트럭이 눈앞에서 사라지자 은근히 걱정이 되었다. 월드메르디앙 아파트는 집에서 오 분 정도 거리, 내가 다녔던 초등학교 가는 길목에 있었다.

오빠는 아빠의 말 따윈 벌써 무시해 버리고 나갈 준비를 했다. 휴대폰으로 카톡 날리는 소리가 나더니, 거울 앞에 서서 휘파람까지 불어 가며 머리 손질을 했다.

"뭐야. 혼자 놀러 가게? 아빠가 집에 있으랬잖아."

"나도 바쁜 몸이시다. 엄만 아빠가 보시잖아."

"아빠 말 못 들었어? 이따가 전화하신다잖아."

"왜 잔소리야. 네가 아빠야?"

"어디 가는데?"

"내가 미쳤냐, 너한테 보고하게?"

오빠는 룰루랄라 신났다. 토요일인데 나 혼자 집에 틀어박혀 있어야 한다고 생각하자 짜증이 머리끝까지 치밀었다. 방학했답시고, 오빠는 틈만 나면 나갈 궁리부터 했다. 아빠한테 일러바쳐서 한번 호되게 혼이 나야 정신을 차리는데. 한 번만 더 걸리면 그땐 용서하지 말아야지. 나는 이를 악물고 째려보다가 엄마 혼자 두고 밖에서 문을 잠그고 느티나무에 간 일이 마음에 걸려서 이번엔 봐주기로 했다.

오빠는 누가 뒤에서 잡아당기기라도 할까 봐 우당탕탕 요란한 소리를 내 가며 황급하게 밖으로 뛰어나갔다. 철딱서니라곤 손톱만큼도 없고 진지함이라곤 찾아볼 수 없는 한심한 여드름투성이, 골 빈 고딩!

아빠는 오빠에게 "넌 우리 집 기둥이야. 아빠가 없을 땐 네가 아빠 역할을 해야 하는 거다"라는 말을 자주 했다. 아빠 말이 떨어지기 무섭게 오빠는 "걱정 마세요" 하고 냉큼 대답했지만, 알고 보면 순 생각 없이 하는 소리에 불과했다. 나보다 세 살이나 많은 게 믿을 구석이라곤 눈을 씻고 찾아봐도 없으니까 말이다.

아빠한테서 전화가 온 건 나간 지 겨우 한 시간이 지났을 때였다. 언제 전화가 올지 몰라 조마조마하고 있을 때라서 전화벨이 울렸을 땐 보지 않고도 아빤 줄 알았다.

전화를 끊자마자 집을 나섰다. 쨍쨍한 햇살에 길이 하얬

다. 토요일과 일요일은 저녁이 되기 전까지가 가장 지루하고 재미없었다. 집 밖으로 나오면 집 앞 골목에 우두커니 서 있곤 했다. 아무 데도 갈 데가 없다는 건, 갈 수 있는데 안 가는 거와는 기분이 엄청 달랐다. 하지만 오늘같이, 이 땡볕에 엄마를 마중 가는 것만큼 부담스럽고 짜증 나는 일은 없다.

월드메르디앙 아파트 단지는 우리 동네에서 가장 큰 아파트단지다. 정문 경비 초소를 지나면 후문에 또 경비 초소가 있었다. 초등학교 때 같은 반 애들 중에도 여기에 사는 애들은 월드메르디앙을 '월메'로 놀리는 걸 무지 싫어하면서도 몰려다녔다. 서너 명씩 모여 '홈 공부방'에서 과외도 했다. '느티나무 공부방'과는 차원이 다른 공부방이었다. 월메 아이들은 홈 공부방을 자랑하고 다녔지만 나는 느티나무 공부방을 자랑해 본 적이 없었다. 자랑은커녕 느티나무에 다니는 걸 애들이 알까 봐 입도 뻥긋 안 했다. 뚱 선생님이 들으면 섭섭해서 기절해 버릴지도 모르겠지만.

중학생이 됐다고 달라진 건 없다. 오히려 더 나빠졌다면 모를까. 혹시라도 같은 반 애들이라도 만나게 된다면? 생각만 해도 끔찍했다.

'쟤네 엄마 이상하대. 그거 알아? 치매 환자래!'

귀를 막아도 그 소리가 들릴 것만 같았다.

아파트 정문을 지나 방음 담장을 쳐 놓은 그늘을 타고 걸었다. 담쟁이넝쿨이 무성하게 뻗어 올라간 담장 한가운데 비밀 번호를 누르고 들어갈 수 있는 유리 쪽문이 보였다. 그늘이 점점 짧아졌다.

유리 쪽문을 지나 후문이 저만치 보이는 길 한 옆에 아빠 트럭이 보였다. 엄마는 트럭 그늘에 앉아 있었지만 그늘이 짧아 햇빛이 엄마 이마에 닿아 있었다. 아빠 트럭이 보일 때부터 내 걸음은 자꾸만 느려졌다. 혹시나 아는 아이를 만날까 은근히 신경 쓰였다.

수박 한 통을 반으로 쪼개 과도를 꽂아 놓은 수박은 맛보기였다. 하지만 지나가는 사람들은 아무도 아빠 트럭을 쳐다보지 않았다. 새빨갛게 익은 수박에서 단내가 났다. 손님들이 아빠가 잘라 놓은 수박을 맛보지 않는다면 저 수박은 오늘 저녁 오빠와 내가 먹게 될 것이다.

"왜 이렇게 늦었냐. 두남인?"

아빠는 목에 건 수건으로 땀을 닦으며 물었다.

"몰라."

아빠는 앉아 있는 엄마를 일으켜 세웠다.

"얼른 집으로 가거라. 엄마가 화장실 가고 싶단다."

자리에서 일어선 엄마는 아빠 손을 꼭 붙잡고 놓지 않았다.

엄마를 데리고 아빠가 한두 번 외출한 적은 있지만, 장사하는 데 데리고 나온 건 이번이 처음이었다.

"집에 가면 두희가 아이스크림 사 줄 거야. 당신 아이스크림 좋아하지?"

엄마는 그제야 아빠 손을 놓았다. 그렇게 화장실 갈 데도 없는데 왜 엄만 아빨 따라 나와서 고생만 시키는 건지. 엄마는 아빠를 힐끔힐끔 쳐다보면서 마지못해 나를 따라나섰다.

월메 정문 앞에서 자꾸만 아파트 안으로 들어가려는 엄마를 억지로 끌고 나왔다. 경비 아저씨가 엄마와 나를 빤히 쳐다보았다. 엄마는 아무 표정 없이, 말하지 않고 가만있으면 아픈 사람처럼 보이지 않는다. 두 팔도, 두 다리도 멀쩡하다. 엄마를 힘껏 잡아끄는 바람에 엄마의 납작한 슬리퍼 한 짝이 벗겨졌다. 엄마는 그것도 모르고 한쪽 신발만 신고 걷기 시작했다. 내가 슬리퍼를 줍는 사이에 벌써 저만치 앞서 가고 있었다.

"엄마!"

내가 소리쳐 불러도 엄마는 돌아보지 않고 걸었다.

엄마는 방향감각이 없다. 집으로 들어가는 골목 앞에서 집을 찾지 못할 때도 있었다. 엄마가 길을 못 찾아 머뭇거릴 때마다 먹다 버린 사과 같은 엄마의 머릿속 사진이 떠올랐다. 엄마가 사라지던 날에도 엄마는 방향감각을 잃어 집을 찾지 못했을 거라고 의사 선생님이 말했었다. 방향감각을 잃고, 자기가 누구인지도 모른 채 엄마는 발바닥이 시커메지도록 신발도 없이 계속 걷기만 했을 것이다. 그런데 그날 엄마는 무슨 일로 집을 나섰을까? 엄마에게 가고 싶은 곳이 있었을까? 아니면 시장을 보러 가거나, 누구를 만나러 가던 길이었을까? 그날은 엄마 혼자 집에 있었기 때문에 아무도 엄마가 어떤 옷을 입고, 무엇을 하기 위해 집을 나섰는지 알 수가 없다. 아빠는 엄마가 입고 나간 옷을 기억해 내지 못했고 나도 몰랐다. 엄마에게 그날 무슨 일이 있었는지 우리 식구들은 죽을 때까지 알지 못할 거다. 그건 엄마만이 아는 일일 테니까.

공터 앞까지 왔을 때 엄마가 갑자기 멈춰 섰다. 엄마는 집으로 들어가는 골목을 바라보며 한 발짝도 떼지 않은 채 굳은 듯 그 자리에 서 있었다.

"엄마, 왜 그래?"

엄마가 나를 쳐다보며 두 다리를 벌렸다. 헐렁한 반바지 바짓가랑이 사이가 오줌에 젖어 진하게 변해 있었다. 오줌 한 줄기가 엄마의 종아리를 타고 쪼르륵 흘러내렸다.

"오줌 마렵다고 나한테 빨리 말해야지. 엄마가 자꾸 이러면 싫단 말이야."

내가 울상을 짓자 엄마도 울상을 지었다. 금방이라도 엄마가 울음을 터뜨릴 것 같아 나는 애써 표정을 바꾸었다.

"알았어. 빨리 들어가. 내가 씻겨 줄게."

"싫어."

"그럼 계속 서 있을 거야?"

엄마가 인상을 찡그렸다.

"아빠 불러?"

엄마가 고개를 끄덕였다.

"안 돼. 아빤 장사해야지. 수박 누가 다 훔쳐 가면 어떡해."

그래도 엄만 울상을 풀지 않았다.

"집에 가면 소보로빵이랑 아이스크림도 사 줄게. 아까 아빠
가 사 주라고 했잖아."

나는 화가 나서 엄마를 잡아끌며 말했다. 내가 엄마에게 화
가 날 때는 엄마가 일곱 살짜리 아이 같다는 걸 자꾸 까먹는다.

엄마 앞에 뭔가가 나타나기는 하는 걸까?

씻고 난 후에 옷을 갈아입은 엄마는 아빠가 베고 자는 목침
을 껴안고 도란도란 얘기를 나누었다. 한동안 잠잠했었는데
이번엔 목침에 꽂혔다.

"나는 그런 얘기 한 적이 없다니까요."

목침과 얘기를 나누던 엄마가 세면실에서 나온 나와 눈이

부딪치자 화난 목소리로 말했다.

"무슨 얘기?"

"아유, 그러니까, 아까 아가씨가 나한테 막 뭐라고 야단친 거 그게 기억 안 나요? 이상하네."

"나 아가씨 아니야. 엄마 딸이지."

엄마 눈이 움찔거렸다. 골목에서 오줌을 싼 엄마에게 야단친 걸 엄마는 기억하고 있었다.

"내가 딸이 어딨다고 그래요. 근데 정말 내 딸 맞아요?"

엄마는 정말 궁금해서 묻는 표정이다.

"엄마 딸 맞아. 엄만 내 엄마고."

"아이참 내가 그걸 자꾸 까먹는다니까."

"그러니까 까먹지 마, 제발!"

소리는 질렀지만 자꾸 눈물이 나오려는 걸 참았다. 엄마가 배시시 웃었다.

저녁에 들어온 아빠 어깨가 축 처져 있었다. 낮에 엄마가 오줌을 쌌다는 얘기를 아빠한테 한 것 때문일지도 모른다. 그렇지 않다면 과일을 다 팔지 못했거나.

아빠 몸에선 땀 냄새와 과일 냄새가 났다. 수박을 팔기 전에는 사과, 참외, 바나나, 방울토마토를 팔았다. 팔다 남은 것들이 많을수록 아빠의 어깨는 아래로 더 처졌다. 빨리 썩어

버리는 과일들은 조금씩 떼어다 팔지만, 다 파는 날보다 남는 날이 많았다. 우리 식구들은 아빠가 팔다 남은 과일들만 먹는다. 팔다 남은 과일을 도운이네 집에 가져다줄 때도 있었다. 도운이 할머니는 아빠가 보내는 과일을 받을 때마다 입이 한껏 벌어져서 흠이 있는 사과도 먹는 데는 아무 지장이 없다며 좋아했다.

"집에만 갇혀 있는 거 답답한 당신 심정은 아는데, 왜 따라나와선 애를 고생시키고 그래, 이 사람아."

아빠는 세면실 문을 열어 놓고 씻으면서 엄마에게 잔소리를 했다. 엄마는 아빠 잔소리가 듣기 싫은지 두 손으로 귀를 막는 시늉을 했다. 아빠는 말귀를 알아먹는 엄마가 대견한지 어이없는 표정으로 헛웃음을 지으며 말했다.

"다음부턴 아무 때나 따라온다고 하지 말어. 세상에 못 할 짓이 자식 고생시키는 거야."

덩치 커다란 곰 인형 같은 엄마를 씻기는 건 아빠도 힘들어했다. 오빠만 모른다. 엄마를 화장실에 데리고 갈 땐 팬티까지 벗겨서 변기에 앉혀야 하는데, 엄마는 오빠가 엄마 바지에 손을 대면 성난 고릴라처럼 소리를 꽥꽥 질러 댔다. 엄마가 쩔쩔매다가 바지에 오줌이라도 싸면 오빠는 손도 못 댔다. 오빠가 엄마 아들이라는 걸 엄마는 그때만 까먹는 사람 같았다.

아빠가 씻고 나와 밥상 앞에 앉았다. 오빠는 냉장고에서 반찬을 꺼내고 우리가 먹다 남은 김치찌개를 데워 아빠 밥상에 올렸다. 나한테는 계속 눈짓을 했다.

너는 왜 아무 일도 안 해?

오빠가 눈짓으로 내게 말하고 있었다. 나는 오빠의 눈짓을 매몰차게 무시해 버렸다. 오늘 있었던 일을 생각하면 손가락 하나 까딱하지 않고 오빠에게 우리가 먹은 저녁 설거지까지 시켜도 속이 시원하지 않았다.

아빠 밥상에 엄마가 달려들었다. 그새 또 배가 고픈가 보다. 엄마는 점점 살이 찌고 있다. 엄마는 눈앞에 좋아하는 게 보이면 배가 터질 때까지 먹으려고 했다. 그럴 때 보면 엄마는 정말로 정상적으로 보이지 않는다. 체중 조절을 하지 않으면 당뇨나 고혈압이 올 수도 있으니 조심해야 한다고 의사 선생님이 주의를 줘도 엄마는 자신에게 무슨 일이 일어나고 있는지 정말이지 아무것도 몰랐다.

아빠는 밥을 반 공기 덜어서 엄마에게 건넸다. 엄마는 찌개 냄비에 숟가락을 푹 담갔다. 엄마가 밥을 먹으려고 하는 건 김치찌개에 든 돼지고기 때문이다. 아침에 아빠가 끓여 놓은 김치찌개를 저녁에 데워 먹었는데, 그때도 엄마는 돼지고기만 골라 먹었다.

"여보, 천천히 먹어. 누가 당신 거 뺏어 먹지 않아."

아빠 말에도 엄마는 아빠가 찌개 속의 고기를 다 먹어 버릴까 봐 그러는지 부지런히 고기를 골라 먹는 데만 정신이 팔려 있었다.

엄마가 빵을 좋아하는 것만 해도 그렇다. 엄마는 빵보다 떡을 좋아했다. 엄마는 밥을 돼지처럼 먹던 사람도 아니었다. 밥은 한 공기, 국과 반찬도 아빠의 반밖엔 먹지 않았다. 반찬 통에 든 반찬은 꼭 접시에 덜어 상을 차려 주었고, 가끔은 돈가스 튀김을 해서 김밥천국에서 파는 것보다 더 예쁘게 접시에 담아 내주곤 했다. 내가 포크로 돈가스를 집어 건네면 한두 조각 받아먹곤 그만이었다. 엄마는 엄마 자신이 무엇을 얼마만큼 먹어야 하는지를 알았고, 엄마가 좋아하는 것들은 대개가 내가 싫어하는 것이기도 했다. 아무 맛도 안 나는 말간 된장국이나 쓴맛이 나는 나물 반찬, 장아찌 같은 것들.

엄마가 더는 내 궁금증을 풀어 줄 수 없다는 걸 알고 난 뒤부터 나는 웬만큼 궁금한 게 있어도 묻지 않는다. 엄마가 눈을 끔뻑끔뻑하면서 금방이라도 울 것 같은 표정을 짓는 게 보기 싫어서다. 그때마다 나는 일곱 살짜리 엄마를 감당해야 하는 내가 엄마보다 늙은 아줌마가 된 듯한 고약한 기분이 들었다.

"아빠, 느티나무에서 하는 여름방학 프로그램에 나가도 되지? 학습 지도하는 선생님도 오신대. 원장 선생님이 오후반에 나오라고 했어."

아빠가 피곤이 잔뜩 묻은 눈으로 나를 쳐다보았다.

"야, 그럼 나 혼자 엄말 보라고? 아빠, 안 돼요. 나보고 종일 엄마만 보고 있으라고? 말도 안 돼."

불퉁거리는 오빠 얼굴에 벌겋게 피가 몰렸다. 여드름이 톡톡 볼가진 이마는 새빨갰다. 여드름이 볼가질 때 골룸처럼 인상이 변하는 딱 지금 이 얼굴이 박두남의 진짜 얼굴이다.

"왜 오빠만 빠져나가려고 그래? 왜 나한테만 시키냐고. 나도 내 마음대로 하고 싶을 때가 있거든. 왜 나만 엄말 책임져야 돼?"

나는 꽥 소리를 질렀다.

"너까지 그러면 대체 소는 누가 키우냐고오?"

철딱서니만 없는 게 아니라 분위기 파악도 못하는 박두남은 이 상황에서도 농담이 하고 싶은지 케케묵은 개그 흉내를 냈다. 오빠가 두 손을 흔들어 대자 엄마는 이히히 이상한 소리를 내며 웃었다. 오빠는 아빠한테 등짝을 한 대 얻어맞고서야 입을 다물었다. 아무리 그래도 엄마를 소한테 비유하다니! 열네 살짜리도 해선 안 될 말이라는 걸 아는데, 열일곱 살이나 처먹은 게.

"생각 좀 해 보자. 두희도 매일 집에만 있을 수는 없잖냐."

아빠가 침울한 표정으로 말했다. 느티나무에 가란 말도, 가지 말란 말도 아니다.

아빠에게 말을 하고 나자 내 결심은 더 단단해졌다. 나는 느티나무에 갈 것이다. 엄마에겐 미안한 말이지만 엄마와 하루 종일 집에서 뒹굴다 보면 숨이 막힌다. 나는 아무것도 할 수 없을 것 같고, 아무것도 아닌 사람이 되어 버릴 것 같다. 엄마와 있으면 책을 읽어도 눈에 들어오지 않는다. 어떻게 하면 엄마를 벗어날 수 있을까 그 생각에만 골몰하게 된다. 느티나무가 좋아서가 아니라 느티나무가 지금 내가 숨을 쉴 수 있는 유일한 곳이기 때문이다.

그날, 아빠는 밤늦게까지 잠들지 못했다.

선풍기를 틀어 놓아도 집 안은 후텁지근했다. 자다가 깨어 거실로 나갔다가 출입문 옆에 붙은 창고에서 비치는 불빛을 보고 밖으로 나갔다.

"아빠 뭐해?"

"자지, 뭐하러 나와."

출입문 쪽으로 등을 돌리고 앉아 있던 아빠가 내 얼굴은 쳐다보지도 않고 말했다.

"잠이 안 와."

"엄마는?"

"잠들었어."

나는 아빠 옆에 쪼그리고 앉았다. 좁은 창고에는 쓰지 않는 살림살이들이 쌓여 있었다. 내가 어릴 적에 타던 세발자전거, 플라스틱 목욕통도 엄마는 버리지 않았다. 예전에 아빠가 가구 공장에 다닐 때 만들었던 바퀴 달린 탁자도 구석에 처박혀 있었다. 아빠는 못과 끌, 전동 드릴, 전기톱, 고무망치 같은 공구가 든 커다란 연장통을 열어놓고 연장들을 하나하나 만져 보았다. 엄마가 사라지고 난 후에는 한 번도 청소를 하지 않아 창고에는 먼지가 뿌옇게 앉아 있었다.

"뭐 만들려고?"

"글쎄다. 뭘 할 수 있을까 궁리 중이다."

"내가 유치원 다닐 때, 아빠가 인형 옷장 만들어 준 거 생각나? 좀 크고 무겁긴 했는데, 빨간색 문에 네잎클로버 모양의 손잡이가 달려 있고, 액세서리를 넣을 수 있는 서랍도 양쪽에 두 개씩 달린 거였잖아. 그거 자랑하느라 친구들 데려왔다가 엄마한테 집 어질러 놨다고 혼났는데."

"그걸 기억하냐?"

"그럼. 이 집으로 이사 올 때까지 사물함으로 썼었는데, 문이 망가져서 엄마가 이삿짐 쌀 때 버렸잖아."

아빠가 말없이 고개를 끄덕였다. 아빠 아빠가 만들어 놓고도 잊어버린 모양이다.

그때 아빠는 내게 약속했다. 내가 조금만 더 크면 그땐 내가 원하는 건 뭐든 다 만들어 주겠다고.

나는 아빠의 말을 정말로 믿었다. 내가 원하기만 한다면 아빠는 뭐든지 다 만들 수 있는 사람인 줄 알았으니까. 아빠가 만든 것이면 뭐든 신비롭고 좋아 보였으니까. 그런데 나중에는 저절로 알게 되었다. 내가 원하고, 엄마가 원해도 아빠가 뭐든 다 해 줄 수는 없다는 걸. 아빠는 공장에서 월급을 받으며 일하는 사람이고, 뭐든 만들어서 가질 수 있는 사람은 아빠가 아니라 공장 주인이라는 것을. 엄마에게 선물한 바퀴 달린 둥근 다탁도 다른 사람들이 퇴근한 후에 아빠 혼자 공장에 남아 자투리 나무로 겨우 만들어서 집에 가져올 수 있었다는 걸 말이다.

"아빠는 말이다……."

아빠가 한숨을 내쉬며 말했다.

"네 엄마나 너한테나, 그리고 두남이한테나 뭐든 다 해 주고 싶었다. 열심히 살 자신이 있었고, 열심히 살았으니까. 그런데 가끔 힘에 부친다는 생각이 드는구나."

그러곤 아주 낮고 슬픈 목소리로 힘없이 덧붙였다.

"미안하다, 두희야."

괜찮다고, 아빠가 옆에 있어서 괜찮다는 말이 입속에서만 맴돌았다. 내가 자리에서 일어서자 아빠가 나를 불렀다.

"두희야."

"응?"

"엄마한테 뭐가 가장 필요한 거 같냐?"

"글쎄?"

갑자기 물어보니까 얼른 생각나는 게 없었다.

"엄마가 편히 앉아서 쉴 수 있는 의자를 하나 만들고 싶은데 괜찮겠냐? 흔들의자면 좋겠는데."

"만들 수 있어?"

사실은 열세 살 내 생일날 엄마한테 사 달라고 조른 독서실 책상도 아빠가 만들어 준다는 걸 믿지 않았다. 제품 회사에서 파는 것과 똑같이 만드는 건 쉽지 않을 테고, 그게 또 언제 만들어질지 알 수 없었다. 엄마는 그 책상을 주문하면서 말했다. 나무를 사다가 아빠가 직접 만드는 것보다 사서 쓰는 게 더 싸다고.

"목공소에 가서 흔들이 밴딩만 해 오면 나머지는 창고에서 만들 수 있어. 나무만 구하면 뭐 어렵겠냐. 엄마한테 필요한 거면 한번 만들어 봐야지."

만약 아빠가 엄마를 위한 흔들의자를 만든다면 그건 세상에서 하나밖에 없는 의자가 될 것이다. 그것도 엄마한테 꼭 맞는. 예전에 텀블링 할아버지는 누군가 내다 버린 소파를 컨테이너 앞에 가져다 놓고 거기 앉아 노는 아이들을 지켜보았다. 가죽이 찢어져 솜이 비어져 나오고 빛이 바래 지저분해 보였지만, 누구보다 텀블링 할아버지한테 잘 어울렸다. 아이들은 할아버지가 없을 때도 그 소파엔 앉지 않았다. 비어 있을 때도, 마치 그 자리에 할아버지가 앉아 있는 것처럼.

"늦었다, 어서 들어가 자거라."

아빠는 조금 더 있다 들어올 거라고 했다.

나는 대문 밖으로 나와 골목길을 내다보았다. 멀리 컨테이너에 불이 들어와 있는 게 보였다. 나도 모르게 한두 걸음씩 걸었는데 어느새 도운이네 집 앞까지 와 있었다. 도운이네 집은 여전히 불이 꺼져 있었다. 가로등 불빛에 등나무집 마당이 희미해 보였지만, 달빛이 평상을 비추고 있었다.

등나무 아래 평상이 비어 있는 며칠 동안, 빈 평상을 볼 때마다 할머니들이 모여 앉아 시끄럽게 떠들던 풍경이 떠올랐다. 할머니들은 열네 살 계집애들처럼 깔깔거리고 주절거리며 떠들었다. 할머니들이 몸을 흔들어 가며 웃는 것도 말이 많은 것도 생각해 보면 웃겼다. 텀블링 할아버지가 어느 날 갑자기 사라져 버린 얘기도, 우리 엄마가 갑자기 사라졌다가 일곱 살짜리 아이처럼 변해 돌아온 것도, 컨테이너 아저씨 얘기도 이 평상에서 발이 여러 개 달려 퍼져 나갔을 것이다.

컨테이너 아저씨와는 말 한마디 나눠 보지 않았지만 나는 도운의 말을 믿고 싶었다. 그러니까 도운의 말대로 아저씨는 자기가 누군지를 몰라 찾아 헤매는 사람일 뿐이지, 어른들이 말하는 그런 몹쓸 사람은 아니라고 말이다.

나는 도운이네 집을 지나 공터로 들어섰다. 갑자기 컨테이너 문을 똑똑 두드려 보고 싶은 생각이 들었다. 아저씨는 도운이 어디로 갔는지 알고 있지 않을까?

컨테이너 출입문 앞에 달린 철 계단 앞으로 천천히 다가갔다. 그때 계단 높이만큼 땅에서 들린 어두컴컴한 컨테이너 밑에서 고양이가 툭 튀어나왔다. 하마터면 놀라 그 자리에 주저앉을 뻔했다. 소리를 지르지 않은 게 다행이다. 고양이는 담장에 올라서서 푸른빛의 안광을 번뜩이며 나를 노려보았다. 나는 놀란 가슴을 쓸어내리며 빨갛게 불빛이 묻어 있는 컨테이너 창을 쳐다보았다. 안에서는 아무런 소리도 들려오지 않았다. 나는 마치 아무 일도 없었던 듯 조용히 돌아섰다. 왠지 컨테이너 불빛이 내게 속삭이는 듯했다.

'기다려 봐. 내일이면 도운이 돌아와 있을 거야.'

돌아온 도라에몽

도운이 돌아왔다. 마치 컨테이너 불빛이 내게 전해 준 주술처럼.

도운이네 집 출입문이 활짝 열려 있었다. 일주일 만인가? 이상한 건 도운이 할머니가 아무 일도 하지 않고 평상에 멍하니 앉아 있다는 거다.

도운이 할머니는 무척 부지런한 사람이었다. 등나무 아래 평상에 앉아 할머니는 하루 종일 마늘을 깠다. 아침에 망에 든 마늘을 몇 자루씩 쌓아 놓은 걸 봤는데 학교에서 돌아올 때 보면 뽀얀 알마늘이 되어 커다란 소쿠리 가득가득 담겨 있었다. 마당은 발자국이 날까 디디기가 겁날 정도로 마늘 껍질 하나 날리지 않게 깨끗했는데, 그동안 비워 뒀던 마당은 비질조차 하지 않았는지 지저분해 보였다.

멍하니 정신을 놓고 있는 할머니 표정을 보니 무슨 일이 있는 것 같았다.

"할머니, 안녕하세요."

내가 인사를 해도 할머니는 인사를 받는 둥 마는 둥 나와는 눈조차 맞추지 않았다.

이상하다. 저렇게 딱딱한 할머닌 아니었는데…….

정말 무슨 일이 있었나? 궁금한 게 많은데 할머니 표정을 보니까 물어볼 수가 없었다.

도운이 온 줄 알았다면 좀 더 일찍 나오는 건데…….

나는 숨이 차는지도 모르고 뛰었다. 찻길을 건너면 바로 코앞이 느티나무인데 처음 가는 길처럼 멀게 느껴졌다.

침착해야 돼, 이러면 나만 손해야.

나는 침착하라고 나에게 타일렀다. 도운이 하늘로 솟거나 땅으로 꺼질 것도 아니고, 뛰어 봐야 기껏 느티나무와 집뿐인데…….

도운인 내 마음을 죽었다 깨어나도 모를 거다. 나는 내 마음을 들키지 않으려고 무진 노력했다. 고백했다가 도운이 피식, 웃어 버리면 그땐 정말이지 느티나무에도 못 가고, 그 애와 마주칠까 집 밖으로도 못 나올 것이다. 좋아하는 남자애가 생기면 고백부터 하고 보는 애들은 헤퍼 보였다. 그래도 나는 도운

에게 서운했다. 내가 보낸 메시지를 씹은 것도 그렇고, 돌아와
서도 나한텐 말도 없이 혼자 느티나무에 간 것도 그렇고. 그런
애를 보겠다고 헐레벌떡 쫓아가는 나는 더 한심했다.

3층으로 뛰어 올라가 느티나무에 들어선 순간, 도운이부터
찾았다. 슬쩍슬쩍 초딩들 방도 들여다보고, 물 먹는 척하며
주방에도 가 보고, 화장실도 두 번이나 들락거렸다. 비밀의
방까지 뒤졌지만 없었다. 도운의 그림자도 보이지 않았다.

뚱 선생님이 나를 찾았다. 내가 사무실로 들어가자 뚱 선생
님은 통화를 하고 있었다. 나는 의자에 앉아 사무실 벽에 걸
린 공부방 일정표를 들여다보았다. 빨간 매직펜으로 어제 날
짜에 적힌 메모가 눈에 띄었다.

'도운이 할머니와 통화할 것.'

괜히 기분이 이상했다.

그런데 뚱 선생님의 통화 내용을 들어 보니 도운이 할머니
와 통화하는 것 같았다.

"도운이가 걱정돼서요. 금방 찾아가 뵐게요."

뚱 선생님이 전화를 끊었다.

"도운이 집에 있대요?"

"응. 안 그래도 너랑 같이 가 보려고 불렀어."

"공부방엔 왜 안 왔대요?"

"넌 도운이네 집에 가 봤니?"

"네."

"도운인?"

"안 보이던데요. 할머니만⋯⋯."

"그렇구나."

"무슨 일 생긴 거예요?"

"그게⋯⋯ 일단 도운이네 집으로 같이 가 보자."

선생님은 자리에서 일어나 가방을 챙겼다.

연신 손수건으로 땀을 닦으며 뚱 선생님은 거친 숨을 내쉬었다. 단순히 걷는 게 힘들어서가 아닌 듯했다. 웬만한 문젯거리가 생겨도 통 크게 웃고 지나가던 평소의 모습과는 달랐다. 생글생글은 아니어도 웃는 척이라도 하는 게 뚱 선생님의 표정 관리법인데 화난 사람처럼 숫제 얼굴이 일그러져 있었다.

"도운이한테 무슨 일이 생긴 거죠?"

선생님과 나란히 건널목 앞에 섰을 때 물었다. 예감이 좋지 않았다. 신호등의 빨간불이 좀체 바뀌지 않았다. 뚱 선생님은 대답 없이 내 손을 꽉 쥐었다.

도운이 할머니는 등나무 아래 평상에 그때까지도 넋을 놓고 앉아 있었다. 한낮의 그늘이 짧아져 햇볕이 비추는데 자리도 옮기지 않았다. 뚱 선생님은 도운이네 마당으로 들어서서 할머니에게 인사하고 곧바로 도운이네 집 현관문을 열었다.

"도운! 도운! 선생님 왔다. 얼굴 좀 보자."

그런데 정말 이상했다. 도운인 얼굴도 내밀지 않았다.

도운이 할머니가 선생님을 손짓해 불렀다. 평상으로 다가온 뚱 선생님은 할머니 손을 잡고 울먹이며 말했다.

"그동안 마음고생이 많으셨겠어요. 제가 뭐라고 드릴 말씀이 없네요."

정말 심각해도 너무 심각하다.

"자식이 원수라더니, 그 말 하나 틀린 거 없네요, 선생님. 나야 죽을 날 받아 놓은 늙은이니 그렇다 치고, 멀쩡한 제 새끼는 어쩌라고 그러고들 간댜. 나는 생각도 못 했어요. 내가 살아서 이런 일을 치를 줄은."

할머니는 손에 꼭 쥐고 있던 손수건으로 코를 팽 소리가 나게 풀었다.

"진작부터 그런 결심을 먹지 않았으면 어떻게 창졸간에 그런 일을 벌일 수가 있어요. 생각할수록 억장이 무너지고 원통해서……."

뚱 선생님은 한마디도 못 하고 할머니 손등만 어루만졌다.

"사람도 아닌 것들. 내 속으로 낳았지만, 이렇게 모질게 어미 가슴에 못 박을 줄은 몰랐네요. 그동안 처다보지도 않던 자식 놈을 부른다기에 이젠 정신들 차리고 자식새끼 거두나 생각하고 갔었다우. 나는 거기 처음 가 봤어요. 어린 새끼 나한테 떠넘기고 뭐에 미쳐서 거기에 처박힐 때 내 속으로 낳은 자식 놈이란 걸 접긴 했지만서두. 나무들 친친 우거진 숲 속에 세상에 드러나지도 않을 것 같은 건물들을 지어 놓고 여럿이서 모여 살더구만요. 한 며칠 거기 머물면서 이만큼 큰 자식 얼굴 보여 주면서 달래도 보고 보통 사람들 사는 것처럼 살았으면 좋겠다고 애원도 해 봤는데 소용없어요. 근디 세상에 어쩔 거나. 애 데리고 나오려고 가방 싸 놓고 날 새길 기다리는데 어미랑 자식 놈이 멀쩡하게 옆에 있는 줄 알면서 그 새벽에 그렇게 나란히 목숨을……, 보란 듯이……. 영생불멸이라나, 다 버리고 가면서 그랬다는구먼요. 세상에 뭔 놈의 귀신이 씌어선지.”

도운이 할머니는 참지 못하고 꺽꺽꺽 울기 시작했다. 뚱 선생님은 할머니의 손을 잡고 자꾸만 팔뚝을 쓸어내렸다.

“도운인 괜찮은가요?”

할머니는 하아, 한숨을 크게 내쉬고 코를 크렁 들이마셨다.

“운이 저 녀석, 거기까지 데리고 간 게 아마도 내 평생 못 벗을 업인 것만 같아 마음이 아프네요. 차라리 보이지를 말걸.

없는 부모다 생각하고 그냥 살았으면 어린것이 쉽게 잊어버리기나 하지. 말을 안 해, 도무지. 말문이 닫혀 버렸어. 지 아비어미가 화장되는 걸 지켜보구선 그때부터 입을 딱 붙여 버렸으니."

뚱 선생님 안경 밑으로 눈물이 흘러내렸다. 도운이 할머니는 꺽꺽 목쉰 소리만 내고 뚱 선생님은 소리 없이 눈물만 훔쳤다.

도운이 부모님이 돌아가셨구나. 그래서 도운이와 할머니가 집에 돌아오지 못한 거구나.

나는 컨테이너 쪽으로 고개를 돌렸다. 삐거덕거리는 철제 문 소리가 났기 때문이다.

아저씨가 신발을 들고 문 앞에 서서 이쪽을 바라보고 있었다. 무릎이 척척 나간 헐렁한 청바지에 껑충한 키의 아저씨가 신발을 든 채 계단을 내려왔다. 맨바닥에 신발을 내려놓고, 신발을 신은 다음 등을 구부려 천천히 신발 끈을 묶는 동작이 무슨 의식을 치르는 것처럼 느껴졌다. 등을 편 아저씨는 또 한 번 이쪽을 쳐다보았다. 나와 눈이 마주치자 아저씨는 그 자리에 선 채 한참 동안 움직이지 않았다. 아저씨가 나에게 무슨 말인가를 하는 듯했다. 아저씨도 도운의 슬픔을 알고 있는 걸까? 뚜벅뚜벅 공터를 벗어나 찻길 쪽으로 사라지는 아저씨의 뒷모습이 쓸쓸해 보였다.

그날 밤, 아저씨는 컨테이너 계단에 앉아 등나무 아래 평상을 바라보고 있었다. 마당은 텅 비어 있고, 도운이네 집은 불빛도 없이 문이 꼭 닫혀 있었다. 도운이는 코빼기도 보지 못했다. 낮에 찾아왔던 뚱 선생님도 도운이 얼굴은 못 보고 돌아갔다.

나는 슬그머니 컨테이너로 다가갔다. 아저씨는 손바닥으로 계단을 쓸고, 자리를 만들어 주며 "이리 와 앉아라" 하고 말했다. 마치 오래전부터 얘기를 나누고 지내던 사이처럼.

아까부터 아저씨 주머니에서 또그락 또그락 소리가 났다. 주머니에 손을 넣고 아저씨가 뭔가를 만지작거리는 소리다. 또그락 또그락 소리를 내면서 아저씨는 나한테 궁금한 걸 묻고 있는 것 같았다.

'또그락 또그락 넌 왜 나를 찾아왔니?'

'또그락 또그락 나한테 하고 싶은 말이 있냐?'

또그락 또그락 소리가 귀에 거슬렸다.

"무슨 소리예요?"

아저씨는 그제야 내 얼굴을 쳐다보았다. 어둡지만 아저씨 얼굴은 알아볼 수 있었다. 공터를 비추는 가로등 불빛이 꼭 붉은 물감을 팔레트에 문질러 놓은 것 같았다. 아저씨가 주머니에 넣었던 손을 펼쳐 보였다. 손바닥에 호두 알 두 개가 얹혀 있었다.

"근데 그걸로 왜 자꾸 소리를 내요?"

"그냥, 버릇이다. 생각할 때 나도 모르게 굴리는 거야."

아저씨가 나한테 두 번째 하는 말이다. 울리는 목소리다. 목소리만 듣고 그 사람이 좋은 사람인지 나쁜 사람인지 가려내라면 이 아저씨는 좋은 사람처럼 보인다. 왜냐면 나는 울리는 목소리를 좋아한다. 그 울림 속에서는 좋은 향기가 나는 나무처럼 왠지 진심이 느껴졌다. 자기가 누군지 모른다고 해도 이상한 사람이라고 함부로 말할 수는 없다.

"무슨 생각을 그렇게 많이 하는데요?"

아저씨는 말이 없고, 다시 또그락 또그락 호두 알 굴리는 소리만 들렸다.

"도운이 부모님이 돌아가셨대요. 알고 계세요? 도운인 말도 잃어버렸대요. 그럼 도운인 어떻게 되는 거예요?"

"시간이 필요하겠지. 누구나 다 자기만이 감당해야 할 몫이라는 게 있다. 그 시간을 견뎌야 상처가 아무는 법이지."

"아저씨도 상처가 아무는 시간을 견디고 있는 거예요?"

"그렇다고 할 수 있지. 상처 없는 사람은 없으니까."

"시간이 가면 저절로 해결되는 거예요?"

이상하게도 내 마음속에선 뭔가가 뾰족하게 일어섰다.

우리 엄마도 시간을 견디기만 하면 되는 거예요? 그러면 저절로 자기가 누군지 알게 되는 거예요?

아저씨는 아무 말이 없다. 나는 계속 앉아 있기가 힘들었다. 내가 막 일어서려는데 아저씨가 입을 열었다.

"네 엄마도 네 엄마만 알고 있는 세상, 우리는 모르지만 네 엄마에겐 아주 평온하고 익숙한 그런 세계가 있을 거다. 사람에겐 다 그런 세계가 하나쯤은 있게 마련이거든."

아저씨 말은 그럴듯하게 들린다. 매일매일 엄마를 보면서 느끼는 거다. 엄마는 엄마만이 알고 있는 엄마의 세상에서 혼자 살고 있는 거라고.

"도운이한테 들었어요? 우리 엄마 얘기."

아저씨가 천천히 고개를 끄덕였다.

아저씨 말대로 우리 엄마가 엄마만의 세계에 살고 있다면 아저씨도 우리가 모르는 아저씨만의 세계에 살고 있는 건가? 아저씨나 엄마뿐 아니라 사람은 누구나 다 그런 세계 하나쯤은 있다는 말은 여전히 잘 모르겠다.

엄마를 보고 있으면 도운의 부모님은 어떤 분이셨을까, 궁금하다. 가끔씩은 지난겨울에 느티나무에서 특별강연을 하셨던 선생님 말씀도 생각난다.

"여러분! 여러분은 태어날 때 엄마나 아빠를 선택해서 태어난 게 아니죠? 선생님도 부모님을 선생님 마음대로 골라서 태어난 게 아니에요. 그래서 선생님은 엉뚱한 상상을 해 본 적도 있어요. 내가 만약 저 먼 나라, 다른 곳에서 태어났다면 지금 어디서 어떻게 살고 있을까. 그런 생각을 하면 참 신기하고 묘하단 생각이 들어요. 지금 내가 살고 있는 이 땅에, 우리 부모님한테서 태어난 게 말이에요."

강사 선생님이 얘기하는 중에도 아이들은 떠들어 댔다. 한 아이는 저는 부잣집에서 태어나고 싶어요, 짓궂게 소리를 지르기도 했다. 와자하게 웃음이 터졌다. 그때 도운이 손을 들고 질문했다.

"그걸 운명이라고 하는 거죠?"

시끄럽던 아이들이 조용해졌다. 선생님도 잠깐 동안 말을 못 하고 가만히 있었다.

"운명? 결과적으로 말하면 그렇게 되겠지요. 하지만……."

선생님은 말문이 막히는지 더듬거렸다.

특별 강연은 '다문화 가정'을 주제로 마련한 거였다.

느티나무에도 다문화 가정 애들이 둘이나 있었다. 초등학교 3학년인 혜원이는 엄마가 몽골 사람이고 아홉 살인 호겸이는 엄마가 스리랑카 사람이다. 혜원이는 우리나라 사람과 거의 똑같이 생겼지만, 호겸이는 꼬불거리는 머리칼에 얼굴색도 까맸다. 하지만 그 애들은 우리랑 같은 말을 하고, 같은 학교에 다닌다. 아이들은 싸울 때 자기가 불리해지면 호겸이에게 깜둥이라고 욕했다. 호겸이는 깜둥이라는 소리를 제일 듣기 싫어한다. 그림을 그릴 때도 얼굴색은 우리랑 같은 색으로 칠한다. "야, 넌 깜둥이니까 까맣게 칠해야지." 아이들이 놀리면 호겸이는 크레파스를 집어던지며 울었다. 그럴 때마다 뚱 선생님은 아이들을 엄하게 꾸짖었다. 그것 때문에 특별강사를 초대한 거다.

"왜 사람은 자신의 운명을 선택할 권리가 없는 건가요? 그건 신이 그렇게 만들었기 때문인가요?"

아이들은 와아, 소리를 지르며 도운에게 야유를 보냈다.

"와, 저 자식, 또 잘난 척은 혼자 다 하고 있네."

그래도 도운인 꼿꼿하게 서서 아이들이 빈정대는 걸 가소롭다는 듯 바라보았다.

"선생님이 여러분에게 하려던 얘긴 그게 아닌데 갑자기 너무 고차원적으로 이야기가 흘러가 버리네."

강사 선생님은 진땀을 흘리면서 호호호 웃었다. 도운은 여전히 진짜 궁금하다는 얼굴로 선생님을 쳐다보았다. 선생님이 대답을 해야만 도운이 자리에 앉을 것 같았다. 뚱 선생님도, 앵두 선생님도, 주방에서 음식을 만들다 주걱을 들고 거실로 나온 주방 선생님도 난감한 얼굴로 지켜보고 있었다.

"신이 인간을 만들었다는 얘기는 더 깊이 생각하고 이야기를 나눠 봐야 될 부분이지만, 그건 여러분들의 상상에 맡기고 싶어요. 하지만 선생님 생각엔 사람은 누구나 자기 운명을 갖고 태어나지만, 그 운명대로만은 살지 않는다는 얘길 하고 싶어요."

도운은 선생님의 대답이 마음에 안 드는지 살짝 이맛살을 찌푸렸다.

나는 그때, 우리가 만약 부모님을 선택해서 태어날 수 있다면 어떨까? 생각해 보았다. 부모님을 선택해서 태어날 수 있다면, 백경수는 지적장애를 갖고 있는 부모님에게서 태어나고 싶지 않을 거고, 혜원이도 호겸이도, 어쩌면 도운이도 평범하고 멋진 집에서 태어나고 싶지 않았을까?

"넌 만약에 다시 태어난다면 너네 부모님한테서 태어나고 싶어?"

그날 집으로 돌아오는 길에 도운에게 물었다.

"다시 태어날 수 있다면 나는 그냥 안 태어나고 말래."

도운은 특별 강연이 마음에 들지 않았는지, 아니면 자신이 궁금해하던 대답을 듣지 못해서 그랬는지 약간 화가 난 투로 대답했다. 자기 부모님이 마음에 든다는 건지, 안 든다는 건지 아리송한 대답이었다.

'그게 운명이라는 거죠?'

나는 요즘 도운이 질문했던 말을 떠올릴 때마다 생각이 복잡해진다.

만약 내가 우리 엄마 아빠에게 태어날 운명이 아니었다면 어떤 부모한테서 태어났을까? 특별강사 선생님의 말처럼 어쩌면 지구 저편, 내가 한 번도 가 보지 못한 나라에서 까만 얼굴로 태어났을 수도 있고, 노랑머리로 태어났을 수도 있겠다. 그때 만약 도운이 그렇게 복잡한 대답 대신 "너는?" 하고 나한테 물었다면……. 나는 어떻게 대답했을까?

지금 내게 다시 묻는다면 솔직히 나는 우리 집 같은 가난한 집에서 태어나고 싶지 않다. 아픈 엄마를 보면 마치 신이 우리에게 저주를 내린 것처럼 생각될 때도 있다. 그렇지 않다면 하필 우리 엄마에게 이런 일이 일어날까. 우리 집이 좀 더 부자였더라면 엄마에겐 그런 일이 일어나지 않았을지도 모른다는 생각을 하면 점점 더 혼란스러워진다. 어디서부터 잘못된 건지 내 머리로는 도저히 정리를 할 수 없다.

도운도 지금, 우리 엄마가 갑자기 사라져 버렸을 때 내가 힘들었던 것처럼 그렇게 힘들겠지? 어제까진 아빠 엄마와 얘기를 하고 밥을 먹었는데 다음 날 아침에 일어나 보니 거짓말처럼 볼 수 없다면……. 그것도 병 때문이었거나 교통사고를 당한 것도 아니고, 두 사람이 똑같이 그들이 원하는 세상으로 가기 위해 죽어 버렸다면…….

그건 도운의 눈앞에서 부모님이 감쪽같이 사라져 버린 것보다 훨씬 더 두려울 것이다. 어느 날 갑자기 엄마가 사라졌다는 걸 알았을 때 내가 느꼈던 것과는 비교할 수 없을 정도로.

난 엄마가 사라지고 난 후, 세상에 존재하는 모든 것이 어느 날 갑자기 사라질 수 있다는 걸 알았다. 지구에서 공룡이 단 한 마리도 남아 있지 않고 다 사라진 것과는 다르다. 그건 열세 살이었던 내가 말로 설명하기엔 너무 어려운 거였다. 차라리 사악한 마녀의 마법에 걸려 감쪽같이 사라졌다는 걸 믿는 게 더 쉬울지도 모른다.

도운이 질문했던 운명이라는 말은 특별 강연을 온 선생님이 맨 처음에 했던 바로 그 말이란 것도 알겠다. 우리는 엄마나 아빠를 선택해서 태어날 수 없다. 도운이도 나도. 그러니까 그건 운명인 거다. 엄마가 딴사람처럼 변해서 돌아왔지만 내 엄마인 건 변할 수 없는 사실인 것처럼.

그래서 운명은 슬픈 것이다.

이틀째 장맛비가 내렸다. 우리 집 빗소리는 출입문 차양에 부딪쳐 훨씬 더 요란하다. 비의 강약에 따라 투닥거리는 소리가 마치 여러 개의 크고 작은 양철 북을 두드리는 것처럼 시끄러웠다. 한바탕 빗소리에 휩쓸려 다니느라 북 치는 꿈만 꾸었다.

아침부터 엄마는 출입문을 열어 놓고 내리는 비를 보고 있었다. 비를 바라보는 엄마의 뒷모습이 들썩거렸다.

"비가 오네. 비가 와. 이걸 어쩌나."

상체를 밖으로 쑥 내밀고 현관에 서서 중얼거리던 엄마가 슬리퍼를 찾아 신었다.

"엄마 어딜 가려고?"

"할머니 찾으러 가야지. 할머니가 보따리 이고 장에 간 지가 언젠데 아직도 안 돌아오시네."

엄마는 나와 눈도 맞추지 않고 중얼거렸다. 밖으로 나가려는 엄마의 팔을 잡아당겼다. 엄마는 문설주를 붙들고 버텼다. 알루미늄 새시로 된 출입문이 다르르 소리를 내며 떨었다.

"이 사람아, 이 빗속에 어디를 가려고?"

창고에 있던 아빠가 뛰어나와 엄마를 현관으로 데리고 들어왔다. 아빠는 수건으로 엄마의 머리칼에서 흘러내리는 빗물을 닦아 냈다.

"아, 옛날 우리 동네 외딴집에 살던 그 양반이네. 초가집에 살지 않았어요? 그 집 감나무엔 감도 푸지게 열렸는데. 내가 그 집 풋감을 어지간히 주워다 소금물에 우려먹었는데."

"맞아. 우리 집 감을 누가 익기도 전에 죄다 훑어가나 했더니, 아주머니가 범인인 걸 이제야 실토하네."

엄마가 수줍게 잇몸을 드러내며 웃었다.

"그 집 감이야 뭐 동네 감인걸. 홀아비 살림에 감나무가 휘어지게 익어 봐야 누가 다 먹는다고."

아빠의 장단에 엄마는 신이 나서 말했다. 저렇게 말할 때 엄마는 멀쩡하다 못해, 우리를 무릎 앞에 앉혀 놓고 도란도란 엄마의 어린 시절 이야기를 할 때와 다르지 않았다.

"감 주우러 가야 하는데. 비에 풋감 다 떨어지겠네."

엄마는 다시 밖으로 나가려고 힘을 써 댔다. 아빠가 엄마의 허리를 붙잡아 방으로 데리고 들어갔다. 갑자기 엄마가 소리를 지른 건 그때였다.

"날 잡아다가 어쩌려고? 늙은 양반이 흉측하기도 하지. 누군데 날 잡아가려고?"

"이 사람 또 난리 피우네. 내가 누구긴. 내가 누구야? 대답해 봐."

아빠가 엄마를 향해 맞소리를 질렀다. 그 소리에 놀란 엄마가 방바닥에 철퍼덕 주저앉으며 울상을 지었다. 아빠의 얼굴이 붉게 달아올라 있었다.

"내가 누구야?"

아빠가 다시 물었다.

"……"

나는 내 방으로 들어와 집이 흔들릴 정도로 세차게 문을 닫았다. 우리 집 분위기는 엄마의 컨디션에 따라 널뛰듯 뛰었다. 잠시 후에 누군가가 출입문을 열고 나가는 소리가 들렸다. 오빠가 또 이 틈에 집을 빠져나가는가 싶어 얼른 나가 보았더니 밖으로 나간 아빠가 창고로 들어가는 게 보였다.

이틀째 비 때문에 장사를 나가지 못한 아빠는 창고에 처박혀 살았다. 엄마를 위해 흔들의자를 만드는지, 아니면 엄마를 피해 창고에서 멍하니 시간을 보내는지……. 아빠도 가끔은 아빠만의 시간이 필요할지도 모른다.

그까짓 흔들의자?

아빠가 엄마한테 해 줄 수 있는 게 그것밖에 없다면 흔들의자는 있어도 그만 없어도 그만이다. 아빠가 엄마를 위해 뭘 만들든지, 그 어떤 것도 엄마를 본래대로 돌아오게 할 수는 없다.

　오빠는 이렇게 집 안이 소란스러운데도 코빼기도 내밀지 않고 자기 방에 틀어박혀 있었다. 보나마나 스마트폰으로 미친 듯이 게임이나 하고 있겠지. 나는 오빠 머릿속도 궁금했다.

　엄마는 방과 거실을 오가며 비 맞은 중처럼 끊임없이 중얼거렸다.

　알츠하이머라는 게 어떤 병인지, 의사 선생님이 말한 '망상을 본다'는 게 무엇인지 인터넷에서 찾아본 적이 있다.

　망상은 눈에 보이지 않는 것이다. 없는 것이다.

　망상은 엄마가 만들어 낸 '가짜' 세상이라는 걸 알면서도 아빠처럼 나도 깜빡 속아 넘어갈 때가 많았다. 어쩌면 의사 선생님이 말한 것이나 인터넷 백과사전에 나와 있는 것으로는 엄마를 설명할 수 없을지도 모른다. 이건 어디까지나 나의 엄마에 관한 일이니까.

　엄마가 거울 속의 엄마 얼굴을 보고 옆집 아줌마를 보듯이 얘기할 때, 아빠의 목침을 들고, 밥 먹던 숟가락에 비친 무언가를 보고, 소보로빵을 들고 얘기할 때, 엄마의 머릿속에 거미줄처럼 엉켜 있는 수많은 길들이 어디로 향하고 있는지 나는 짐작조차 할 수 없다.

　'뭐 이런 병이 다 있어? 정말 고약하고 끔찍하고 웃기기까

지 하다니까.'

때로 미치광이처럼 변해 버리는 엄마를 이해하는 건, 아니 받아들이는 건 그래서 더 힘들다.

"엄마, 이제 약 먹자."

거울 앞에 서서 옷을 겹겹이 껴입고 누군가를 향해 "춥지 않아요?" 하고 물어 대는 엄마에게 약을 건넸다.

"이걸 먹으라고? 맛있는 거야?"

엄마가 말짱한 눈으로 나를 쳐다보며 물었다.

나는 천천히 고개를 끄덕였다.

엄마는 손바닥에 놓인 알약을 꿀꺽 삼키고 컵에 가득 든 물을 한 방울도 남김없이 마시고 나서는 나를 보고 하아, 웃었다. 철부지 소녀처럼.

밤이 깊어지자 다시 거세진 비는 난타극을 벌이는 것처럼 요란하게 차양을 두드려 댔다. 꿈속까지 빗소리가 따라왔다.

장미의 눈물

도운이 이상해졌다는 소문은 느티나무 아이들 사이에서 금세 퍼졌다. 도운은 느티나무에서 항상 이상한 애로 통했지만, 그때와는 이상하다는 의미가 달랐다. 초등반 애들은 대놓고 도운이 정말 미쳤다고 수군거리고 다녔다.

"도운인 마음이 많이 아파. 마음이 아프면 감기 치료 받는 것처럼 치료받고 쉬면 낫는 거야. 함부로 그런 말 하면 안 돼!"

뚱 선생님은 아이들 사이에 떠도는 소문을 듣고 엄하게 나무랐다.

"도운이 정말 이상해졌다며?"

장미가 나한테 물었을 때는 꼭지가 돌 뻔했다. 제대로 알지도 못하면서 나불거리는 게 한심해 있는 대로 눈을 흘기고는 대꾸도 하지 않았다.

하지만 뚱 선생님한테 도운이 '함묵증'에 걸렸다는 얘길 들었을 때는 충격적이었다. 갑자기 감당할 수 없는 충격이나 슬픔을 당했을 때 스스로 말문을 닫아 버리는 병이라고 했다. 그러니까, 그건 미친 게 아니라 도운 스스로 자신의 슬픔을 말하고 싶지 않아 입을 닫아 버렸다는 말이다.

집으로 돌아온 지 일주일이 지났지만 도운은 느티나무엔 나오지 않았다. 원래 도운인 느티나무에서도 독불장군처럼 혼자서만 노는 애지만 그래도 도운이 자리에 있는 것과 없는 것은 엄청나게 달랐다. 어금니 하나가 빠진 기분이랄까?

중학생반은 나를 포함해 도운과 장미, 전승훈과 김완율, 이렇게 다섯 명이다. 전승훈과 김완율은 둘이 죽이 맞아서 초등학교 6학년 때도 어울려 다니며 도운을 따돌렸다. 특히 전승훈은 초등학교 고학년 남자애들을 몰고 다니면서 철부지들 사이에서 대장 노릇을 하느라 정신을 못 차렸다. 애들을 몰고 나가선 축구를 하고 시커먼 땀이 줄줄 흐르는 몰골로 들어와선 실내에서도 퉁퉁 공을 튀겨 대다 앵두 선생님한테 혼이 나기도 했다.

장미는 전승훈이라면 아주 질색을 했다.

"하나같이 제대로 된 애들이 없어. 어휴, 저게 뭐냐. 목에 낀 때 봤어? 밥맛 떨어져."

장미는 얼굴이 시커멓게 탄 승훈을 보고 진저리를 쳤다. 장미는 자기 맘에 안 드는 사람한테는 눈곱만큼도 친절하지 않았다. 느티나무에서도 예쁘고 깨끗한 동생들만 챙겼다. 경수는 예쁜 장미를 좋아했다. 장미한테는 '누나'라 하지 않고 장미언니라고 불렀다. 한번은 경수가 바닥에 굴러다니면서 놀다가 장미의 종아리를 붙들고 장미언니,라고 부르면서 장미 사타구니 사이로 기어 들어갔다. 화가 난 장미는 경수의 뺨을 때렸다. 그때 장미는 뚱 선생님에게 불려가 설교를 듣고 앵두 선생님한테 벌도 받았는데 끝까지 자기가 잘못했다고 말하지 않았다. 내가 왜 그렇게 경수를 싫어하느냐고 물었더니 장미는 소리를 빽 질렀다.

"내가 왜 쟤 언니야, 재수 없게."

어떨 때 보면 얌체 같은 짓만 하는 게 얄밉기도 한데 그래도 장미와 어울리는 건 느티나무에서 쌓은 우정 때문이다.

나는 어쨌든 집에서 벗어나고 싶었다. 집을 벗어나면 다른 곳으로 갈 수 있다는 생각은 늘 나를 건널목 앞에서 망설이게 했지만, 결국 내가 설 수 있는 곳은 느티나무밖에 없었다.

도운이 할머니와 느티나무에 나타난 건 점심 급식을 먹고 났을 때였다.

뚱 선생님이 할머니를 맞아들였다. 도운의 할머니는 뚱 선생님이 소개한 병원에 다녀오는 길이라고 했다. 도운은 할머니 뒤에 붙어서 엉거주춤 따라 들어왔다. 마치 느티나무에 처음 오는 애처럼 말이다. 못 본 사이 얼굴이 더 핼쑥해졌다. 원래 빼빼 말랐지만 더 말라 보이는 도운은 어깨를 구부정하게 하고 사무실로 들어갔다. 아이들이 매미 떼처럼 창문에 들러붙었다. 뚱 선생님이 갑자기 사무실 문을 열고 소리쳤다.

"너희들은 각자 자기 할 일 해."

창문에 들러붙었던 아이들이 맥없이 흩어졌다.

잠시 후에 도운이만 사무실에서 나왔다. 경수가 대뜸 도운이 가슴 앞으로 턱을 들이밀며 들러붙었다.

"형, 형! 어디 갔다 왔어?"

도운인 본 척도 하지 않았다. 말만 하지 않는 게 아니라 아이들과 눈도 맞추지 않았다. 나한테도 알은체하지 않았다.

도운인 서가에서 아무 책이나 빼 들고 와서 소파에 주저앉았다. 그냥 앉아 있는 건지, 책을 보는 건지 분간이 안 갔다. 책장도 생각 없이 아무렇게나 넘겼다. 도운인 책을 빨리 읽는다. 속독법을 배운 것처럼 어려운 책도 쉭쉭 넘겨 가면서 읽었다. 독서 시간에 선생님이 돌아가면서 아이들에게 책을 소리 내어 읽힐 때도 도운인 이미 혼자서 다 읽었다며 자기 차례가 되어도 낭독하지 않았다. 앵두 선생님이 혼을 내면서 내용을 말해 보라고 하면 정확하게 내용을 말했다. 그러곤 덧붙였다. "너무 시시해요." 아이들은 도운이 건방지다고, 잘난 척만 한다고 야단이지만 사실, 선생님들도 도운에게 은근히 감탄했다.

도운에게 흥미를 잃은 경수가 동화책을 들고 나한테 쪼르르 달려왔다.

"누나 이거 읽어 줘."

경수는 내 턱밑까지 얼굴을 들이밀고 생쥐처럼 검은 눈동자를 굴렸다. 사시인 경수의 눈동자는 나를 쳐다보고 있을 때도 다른 곳을 보고 있는 것 같다. 쌍받침이 있는 어려운 글자를 못 읽는 경수는 네다섯 살짜리들이 좋아하는 큼지막한 그림 동화책을 좋아했다. 경수가 들고 온 책은 경수가 이미 그림만 보고도 내용을 다 외워 버린 책이다. 내가 글자를 손가락으로 짚어 가며 천천히 읽자 경수는 나보다 먼저 읽고는 책장을 넘기기 바빴다.

"다 알면서 왜 나한테 읽어 달라고 해? 다른 책 가져와."

"싫어. 나는 『번갯불 대왕』만 읽을 거야."

경수가 책장을 넘기며 소리 내어 뜨르르 읽기 시작했다.

번갯불이 외나무다리 위에 우르릉 쾅 내리쳤습니다. 그러자 외나무다리에 간신히 붙어 있던 커다란 애벌레 한 마리가 찌리릿 더듬이를 세우고 긴장하기 시작합니다.

글자가 가장 많은 페이지도 경수는 단숨에 읽어 버렸다. 읽기를 멈춘 경수는 또르륵 밖으로 흩어져 버릴 것만 같은 검은 눈동자를 굴리며 혀를 쏙 내밀었다.

"경수 너, 진짜 천재구나. 누난 아무리 외우려고 해도 안 외워지는데."

이건 칭찬이 아니라 경수에게 하는 빈정거림이다. 그런데도 경수는 좋아서 어쩔 줄을 모른다. 경수 머릿속이 어떻게 생겼는지 정말 궁금한 순간이다.

『번갯불 대왕』을 다 읽은 경수는 그 책을 들고 다시 도운에게 가서 들러붙었다.

"형, 형. 책 읽어 줘."

이번엔 도운이 제대로 걸려들었다. 경수가 들러붙어 칭얼거리기 시작하면 웬만해선 떼어 내기 힘들다. 경수는 나한테 할 때처럼 도운의 턱밑에 얼굴을 들이밀고 두 눈을 말똥거리며 졸랐다. 한동안 졸라 대는 경수를 멍하니 쳐다보던 도운이 갑자기 팔을 휘저어 경수를 떼어 냈다. 그 바람에 경수는 커다랗고 딱딱한 동화책을 바닥에 떨어뜨리며 나동그라졌다.

"도운이 형 나빠. 바보, 바보 거지 같은 형."

경수는 바닥에 엎어져 두 발로 바닥을 문질러 대며 울었다. 도운은 울고 있는 경수를 내려다보다 벌떡 일어섰다. 단단히 화가 난 모양이다. 씩씩거리는 도운은 땀까지 흘리고 있었다. 앵두 선생님이 급히 사무실에서 뛰어나와 경수를 일으켰다.

"백경수. 형 귀찮게 하지 말라고 그랬지?"

경수에겐 한없이 너그러운 앵두 선생님의 눈초리가 성난 고양이처럼 치켜 올라갔다.

"도운이도 경수는 특별한 동생이니까 좀 이해해 줘야지!"

도운은 두 주먹을 꼭 쥔 채 앵두 선생님의 앙칼진 말에도 꿈쩍하지 않았다.

"도운이 형은 바보, 멍청이 새끼!"

두 다리를 뻗대며 울던 경수의 눈동자가 돌아갔다. 앵두 선생님이 경수를 끌고 꾸러기실로 들어갔다.

도운은 스르르 주저앉아 무릎 사이에 얼굴을 묻었다. 도운은 잘난 척은 하지만 동생들을 밀치는 애는 아니었다. 경수가 들러붙으면 다른 애들한테 하는 것과 다르게 자기가 알고 있는 걸 끈덕지게 설명하려고 하는 이상한 애이기도 했다.

5분쯤 후에 꾸러기실에서 나온 앵두 선생님이 도운에게 다가왔다. 선생님은 멍하게 앉아 있는 도운의 어깨를 감싸 안으며 말했다.

"미안하다. 선생님이 너한테 소리친 거 사과할게."

그럼 그렇지. 아무리 성깔이 고약한 선생님이지만, 이건 앵두 선생님이 잘못했다. 도운은 마음이 아픈 애니까 도운에게 욕한 경수가 잘못한 거다. 아무리 경수가 우리와 다른 정신연령을 가졌다고 해도 말이다.

무릎에 올려놓은 책을 뚫어져라 쳐다보던 도운은 픽 쓰러지듯 모로 누웠다. 도운은 정말로 건전지가 다 닳아 고장 난 도라에몽 같다. 아무 힘도 없고 머리도 안 돌아가고, 유머도 없고, 고집도 부리지 못하는 고장 난 도라에몽. 그전에 내가 알던 것과는 완전히 다른 아이가 되어 버린 것 같았다.

한바탕 난리를 치르고 도운이 할머니와 함께 집으로 돌아간 뒤, 장미와 나는 옥상으로 올라갔다. 보여 줄 게 있다며 옥상으로 가자는 장미의 속삭임에 관심이 없었지만, 공부방 분위기가 어딘가 모르게 묘하게 가라앉아 있었다.

답답해서 공부방에 있고 싶지 않았다. 경수와 있었던 도운이 일을 생각하자 나까지 맥이 빠졌다. 끊임없이 중얼거리며 세상의 말이 아닌 엄마만의 말을 하기 시작한 엄마도, 입을 딱 닫고 벙어리처럼 변해 버린 도운이도 내겐 낯설고 슬픈 일이었다.

　아무도 모르게 장미와 둘이서 공부방을 빠져나왔다. 옥상은 접근 금지 구역이었다. 누구도 뚱 선생님의 허락 없이는 옥상에 올라갈 수 없다. 옥상에서 사고라도 난다면 모든 책임은 뚱 선생님이 져야 하기 때문이다.

　장미는 옥상 철문의 손잡이를 조심스럽게 잡아당겼다. 잠겨 있을 줄 알았는데 삐거덕 소리를 내며 문이 열렸다. 우리는 꼬리를 감추듯 옥상으로 올라서서 철문을 꼭 닫았다. 옥상 시멘트 바닥은 거무스름한 물때와 이끼가 말라붙어서 지저분했다. 예전에 느티나무에서 썼던 소파, 다리가 부러진 의자도 쌓여 있고, 칠이 벗겨져서 흉하게 변한 탁자도 있었다.

　장미의 꿈은 연예인이다. 장미는 신인 아이돌 그룹까지도 좔좔 꿰고 있다. 무대의 화려한 조명을 받으면서 춤추고 노래하고, 연기를 하는 게 장미의 유일한 관심. 장미는 요즘 '우는 연습'에 미쳐 있다. 걸핏하면 거울을 들여다보며 표정 연기를 하느라 비밀의 방 문을 걸어 잠그고 아무도 들어오지 못하게 했다.

　언젠가 장미가 내게 말했다.

　"내가 왜 배우가 되고 싶은 줄 아니? 그래야 하루라도 빨리 집을 나갈 수 있거든."

장미는 예뻤다. 얼굴은 고양이처럼 작고, 나보다 키도 크고 날씬했다. 손목도 잘록하고, 손가락도 길었다. 장미는 나보다 공부를 좀 못할 뿐이지, 내가 본 아이들 중에서 장미만큼 예쁜 애는 없었다. 하지만 꿈은 꿈이다. 꿈꾼 대로 다 이루어지면 청소부를 할 사람은 세상에 아무도 없을 거다. 청소부를 무시하는 게 아니라 청소부가 꿈인 사람은 없다는 얘기다.

"넌 꿈이 뭔데?"

그때 장미는 내게 물었다.

"내 꿈……?"

내 꿈은……, 지금도 잘 모르겠다.

엄마가 돌아온 후 내 꿈은 점점 작아지고 있다. 아나운서였다가 방송국 피디나 작가였다가, 이젠 그냥 빨리 어른이 되고 싶을 뿐이다.

"저번에 말한 비밀이란 게 뭔데?"

옥상에 올라와서야 저번에 장미가 말한 비밀이 뭔지 생각나서 물었다.

"나 오디션에 응모했다! 저번에 인터넷에 공개 오디션 공고가 떴거든. 되게 유명한 기획사야. 벌써 번호도 받았어. 접수가 되면 번호가 뜨는데 나는 1107번이야. 번호 좋지?"

장미가 좋아서 팔짝팔짝 뛰었다.

장난이 아닌 모양이다. 나는 장미의 꿈이 장미 혼자 꿈만 꿔 보는 거라고 생각했다. 그런데 장미는 정말로 오디션을 보기 위해서 준비를 하고 있었다. 물론 비밀이라고 했지만, 합격만 된다면 장미는 동네방네 다 떠벌리고 다닐 애다.

장미와 나는 난간에 배를 붙이고 나란히 섰다. 버려진 피아노 공장이 한눈에 내려다보였다. 미음 자 모양으로 앉은 건물들의 슬레이트 지붕에는 거멓게 곰팡이가 피어 있었다. 공장 마당 한가운데엔 풀들이 자라고, 부서진 문짝 사이로 텅 빈 공장 안이 햇빛에 가로막혀 동굴처럼 보였다.

왜 저렇게 변했을까?

공장 건물 담벼락에 붉은 페인트로 적어 놓은 '철거'라는 글자도 거대한 엑스 자도 색이 바래 아무 힘이 없는 것처럼 보였다.

피아노 공장 담장가에 심어진 울창한 나무들 사이로 청솔 문구점이 보였다. 새파란 창문이 여덟 개인 청하고시원이 손만 뻗으면 닿을 듯이 가깝게 보이고, 지하로 내려가는 컴컴한 샤론교회 입구도 보였다.

예전에 청하고시원에 살면서 느티나무로 밥을 먹으러 오던 애는 남자처럼 짧은 커트 머리를 하고, 옷도 남자처럼 입고 다녔다. 다른 여자애들은 나를 '두희 언니'라고 부르는데 그 앤 꼬박꼬박 '박두희 언니'라고 불렀다. 그 애 이름이 뭐였는지 지금은 기억나지 않는다.

　나는 찌그러진 소파 한쪽에 엉덩이를 걸치고 앉았다.
　"최소한 관중이 한 사람은 있어야 연기할 맛이 나."
　장미는 의기양양한 목소리로 말했다.
　난 이제 장미의 유일한 관객이 된다.
　물탱크가 있는 쪽에만 모자 챙 같은 그늘이 있고 옥상은 쨍쨍한 햇빛뿐이다. 물탱크 그늘 속에 들어간 장미는 마치 무대에 올라선 것처럼 자세를 잡으며 말했다.
　"내가 이번에 준비한 연기야."
　나는 손차양을 만들어 그늘 속에 선 장미를 바라보았다. 갑자기 장미가 바닥에 한쪽 무릎을 세우고 꿇어앉았다. 웃음이 나오려고 했지만 장미의 기분을 건드릴까 봐 참았다. 장미는 마치 앞에 서 있는 사람에게 매달려 애원하듯이 낯을 찡그려 가면서 대사를 읊기 시작한다.
　"엄만 내 얼굴 기억해? 난 매일매일 엄마 사진만 보면서 지냈어. 엄마 얼굴을 잊어버릴까 봐. 엄마가 나한테 생일선물로 예쁜 모자 사 준 거 기억나? 봐 봐, 아직도 갖고 있잖아. 이거 내가 초등학교 일 학년 때 사 준 거 맞지?"

장미는 품속에서 뭔가를 꺼내는 시늉을 한다.

"엄마, 엄마!"

장미가 '엄마'를 부르면서 드디어 울기 시작한다. 땀인지 눈물인지 장미의 얼굴은 온통 물기로 범벅이 되어 있다.

"이제 다신 엄마와 헤어지지 않을 거야. 나도 엄마랑 같이 살고 싶어. 엄마, 내가 불쌍하지도 않아?"

장미는 울어서 목이 쉰 소리를 낸다. 눈은 토끼처럼 빨개졌다.

장미가 슬픈 목소리로 엄마를 부를 때, '썩을 년들' 욕을 하면서 절룩절룩 걸어가던 장미 엄마의 뒷모습이 떠올랐다. 희끗희끗 새치가 섞인 파마머리를 아무렇게나 둘둘 말아 핀을 꽂은 장미 엄마는 우리 엄마보다 훨씬 더 나이가 들어 보였다. 우리 엄만 나한테 한 번도 멀쩡한 정신으로 욕을 한 적이 없었다. 장미 엄마가 끌던 슬리퍼 소리가 들려왔다. 칠딱칠딱 칠딱칠딱. 바닥에 들러붙었다 떨어지는 고무 슬리퍼 소리는 우리 엄마의 발걸음 소리와 비슷했다. 일곱 살 아이처럼 변해 돌아온 엄마도 그렇게 걷는다. 가끔은 슬리퍼에서 벗어난 발뒤꿈치가 땅바닥에 닿기도 한다. 엄마는 망아지처럼 자꾸만 옆길로 가려고 한다. 몸은 내게 끌려오면서 옆으로 가려니까 엄마의 신발이 자꾸만 벗겨지는 거다. 뒤에서 엄마의 실룩거리는 엉덩이를 보면서 따라갈 때 엄마의 발걸음 소리가 내 따귀를 때리는 것처럼 들릴 때도 있었다.

장미는 거친 숨을 몰아쉬며 소파에 와서 털썩 주저앉았다. 다리가 흔들리던 소파가 출렁거리며 밑으로 푹 꺼졌다. 나도 모르게 엄마야, 소리가 나왔다.

"어땠어?"

금방 말짱해진 목소리로 장미가 물었다. 울었던 애라고는 믿기지 않을 정도로 발랄한 목소리다. 나는 장미의 눈물이 가짜라는 걸 안다. 장미가 연기를 하는 동안에 자꾸만 장미 엄마 얼굴이 떠올랐던 것도 그래서다. 저게 진짜 눈물일까? 진짜로 자기 엄마를 생각하면서 눈물을 흘릴까 의심하면서 장미를 뚫어지게 쳐다봤다.

"나는 누가 보고 있으면 눈물이 안 나오는데."

"그러니까 연기지. 아무나 못 해."

장미는 약간 뻐기듯이 말했다.

"무슨 생각 하면서 울어?"

설마 정말로 자기 엄마를 생각하면서 우는 건 아니겠지?

"엄마 생각해."

장미가 내 생각을 엿본 듯 웃으며 대답했다.

"엄마가 불쌍해서?"

"아니. 내가 불쌍해서."

"왜?"

"내 상상 속에 사는 엄마는 지금 우리 엄마 같은 사람이 아니거든. 차라리 없었으면 더 좋았을 뻔했어. 그럼 마음 놓고 엄마를 부르면서 진짜로 실컷 울 수 있잖아."

나도 장미처럼 생각한 적이 있다. 돌아온 엄마가 내가 기다리고 그리워하던 엄마랑 완전히 다른 사람이어서, 이렇게 이상하게 변해서 돌아올 거면 차라리 사라진 채 그냥 내 상상 속에나 있었으면 좋겠다고 말이다. 내가 기다리던 엄마는 일곱 살짜리 애 같은 엄마가 아니었다. 친구들을 집으로 데려오지 않는 것도 친구들에게 엄마를 보이는 것이 창피해서다. 아이들이 우리 엄마를 보면 나까지 이상한 애로 생각할까 봐. 그런데 장미는 아무렇지도 않게 차라리 엄마가 없었으면 더 좋았을 뻔했다고 말한다.

"넌 정말 엄마가 없었으면 좋겠어?"

"그래서 넌, 이상해져서 돌아온 너네 엄마가 좋니?"

"……."

"난 우리 엄마가 싫어. 언니도 엄마가 싫어서 학교도 그만두고 집을 나간 거야. 언니가 집을 나갔을 땐 정말 미웠는데, 나도 언니 마음이 이해가 가. 너도 봤지? 우리 엄마 맨날 술만 먹는 거. 우리 언니가 집 나갈 때 뭐라고 그런 줄 알아? 집에서 엄마하고 같이 있으면 미쳐 버리겠대. 그리고……"

장미가 울먹거렸다.

"나한테 그랬어. 나중에 돈 많이 벌면 데리러 오겠다고. 엄마가 없었으면 언니랑 나랑 그냥 둘이 살았을 거야. 그랬으면 술 냄새도 안 맡고 더 재미있게 살았을 거야."

"그래도……"

그래도 우리 엄마보단 네 엄마가 훨씬 낫지 않느냐는 말이 나오려다가 쑥 들어갔다.

"진짜 맘에 안 들어. 엄만 쪼끔만 기분이 나쁘면 다 우리 탓이래. 우리가 언제 낳아 달라고 했나? 나는 뭐 이런 집에서 태어나고 싶었나? 저번에 특별 강연 오신 선생님이 그랬잖아. 부모는 선택해서 태어날 수 없다고. 그래서 더 싫어. 내가 선택한 게 아니니까."

갑자기 장미가 말을 뚝 끊었다. 씩씩거리던 장미가 손바닥으로 얼굴을 가렸다. 이것도 우는 연긴가? 장미는 욱욱 소리를 내며 울었다. 연기를 하는 것 같진 않았다. 장미가 아까 연기하면서 울 때는 손짓과 발짓이 너무 크고 표정도 장미가 아닌 딴사람 같았지만 이번엔 진짜였다. 갑자기 나도 머쓱해졌다.

한참 후에 장미는 손등으로 눈물을 닦더니 소파에서 벌떡 일어났다.

"에이 씨, 기분 잡쳤어."

장미가 눈물을 닦던 손등을 바지춤에 문지르며 다시 물탱크 그늘로 만들어진 무대에 섰다. 이번엔 새로운 걸 보여 주겠다고 한다.

"노래나 춤, 연기, 자신 있는 건 뭐든 해도 된대. 나는 우는 연기를 할 건데 그래도 다른 걸 시킬지도 모르니까 뭐든 다 연습해 놔야 돼. 너도 텔레비전에서 하는 오디션 프로그램 봤지? 나는 그런 거 하나도 안 빼놓고 다 보거든. 거기서도 보면 심사위원들이 준비해 온 거 말고 다른 걸 해 보라고 갑자기 시킨단 말이야. 비장의 개인기가 반드시 있어야 돼."

장미는 진짜 오디션에 대해선 모르는 게 없다.

조금 아까 울던 때와는 다르게 장미는 또 금세 표정이 달라져서 헤헤거렸다. 울다가 웃으면 거기에 털이 난다는데…….

"이번엔 내가 미친 여자 흉내를 내 볼게. 잘하나 한번 봐봐."

장미는 양손으로 머리를 헝클어뜨리고 몸을 뒤로 젖혀 하늘을 쳐다보면서 이히히히, 격렬하게 웃기 시작했다. 웃다가 갑자기 얼굴을 홱 돌려 나를 노려보았다. 땀 때문에 앞 머리칼이 이마에 착 달라붙어 눈을 찌를 것 같은데도 장미는 눈도 깜짝 안 했다. 그러더니 바닥에 주저앉아 웃는 것도 같고 우는 것도 같은 목소리를 내면서 한쪽 손을 쭉 뻗고 바닥을 뒹굴듯이 모로 드러누웠다.

대체 저런 건 어디서 봤을까?

아무튼 장미의 우는 연기도 미친 여자 연기도 나는 흉내도 못 낼 것 같다.

그래도 나는 장미가 부러웠다. 땡볕 그늘에서 웃고 울고, 바닥을 뒹굴면서 장미는 속에 쌓인 것들을 툴툴 털어 내는지도 모른다. 아무리 술을 먹고 욕을 해 대도 장미는 엄마한테 정신 차리라고 소리라도 지를 수 있으니까. 장미 엄마는 술만 끊으면 말짱한 새 사람으로 돌아올 수 있으니까. 우리 엄마를 생각하면 나는 가끔 폭발해 버릴 정도로 숨이 막힌다.

연기를 마친 장미는 자리에서 일어나 손을 툭툭 털었다. 장미는 정말로 무대에 섰던 것처럼 벌겋게 달아오른 얼굴로 거친 숨을 내쉬었다.

짝짝짝!

나는 착실한 관중이 되어 장미에게 박수를 쳐 주었다.

『행복한 청소부』의 청소부 아저씨도 자기가 좋아하는 일에 미쳐서 유명한 사람이 되었다. 장미도 우는 연기의 달인이 될 때까지 연습하면 청소부 아저씨처럼 신문에도 나오고 텔레비전에 나오게 될지도 모른다.

그때 누군가가 옥상의 철문을 흔드는 소리가 들렸다. 장미와 나는 깜짝 놀라서 순간 얼음이 되어 버렸다. 꼼짝없이 들키게 생겼다. 숨을 곳이라곤 물탱크 기둥 뒤뿐이었고, 뛰어내릴 수도 없는 높이였다.

"너, 아까 문 잠갔어?"

내가 물었다.

"당연히 잠갔지."

덜컥거리던 소리는 잠시 후에 조용해졌다.

장미와 나는 옥상 담벼락으로 가서 느티나무 출입구가 보이는 아래쪽을 내려다보았다. 축구공을 든 전승훈의 뒤를 따라 초등학교 고학년 애들이 우르르 밖으로 쏟아져 나왔다. 밑에서 만약 우리를 봤다면 까만 머리통 두 개만 보일 것이다.

그럼 그렇지. 저 철딱서니들이 괜히 옥상 문을 한번 흔들어 봤겠지.

휴. 장미와 나는 괜히 놀란 가슴을 쓸어내렸다. 장미와 나, 이제야 둘이 입을 맞춰 지켜야 할 비밀이 생겼다.

벙어리 섬

이런 곳을 집이라고 불러도 될까?

컨테이너 안으로 발을 딛는 순간, 나는 놀라 입을 다물지 못했다. 언제부터 이렇게 된 걸까? 텀블링 할아버지가 살 땐 짐이 쌓여 있어 지저분하긴 해도 방과 부엌은 구분되었고 사람 사는 집 같았다. 아이들은 소파에 있어야 할 할아버지가 보이지 않으면 불쑥불쑥 컨테이너 문을 열고 안을 들여다보기도 했다. 어둠침침한 컨테이너 안에서 보글보글 찌개 끓는 소리도 나고 밥 냄새도 났었는데.

사방 벽을 삥 둘러 가며 쓰레기 같은 살림살이들과 책들이 뒤섞여 아무렇게나 쌓여 있었다. 책 더미 사이 옴폭 파인 자리에 쑥색 담요와 때 묻은 베개, 울긋불긋한 요가 펼쳐져 있고, 두더지가 땅속을 기어가며 길을 뚫어 놓은 것처럼 발 디딜 곳들이 연결되었다. 벽에도 주렁주렁 걸린 것들이 많았다. 천장에 달아 놓은 선풍기는 삐거덕삐거덕 소리를 내며 돌아갔다. 조그만 창문이 열려 있는 컨테이너 안은 후텁지근하고, 거기다 묘한 냄새까지 났다.

무엇보다 놀라운 건 폭 파인 채 쌓여 있는 책 더미 속에 도운이 책상다리를 하고 앉아 책을 보고 있는 거였다. 아저씨도 없는 집에서 언제부터 저렇게 앉아서 책을 읽고 있었던 걸까? 도운은 경수가 바보 멍청이라고 욕을 한 날부터 좀체 얼굴을 볼 수 없었다. 도운인 그때부터 컨테이너를 아지트 삼아 여기서 혼자 시간을 보냈는지도 모른다.

도운은 아저씨를 따라 들어온 나를 힐끔 쳐다보고는 다시 책 읽기에 열중했다. 아저씨는 등에 지고 있던 배가 볼록한 배낭을 벗어 벽에 박힌 못에다 걸었다. 대체 저 배낭 안에는 무엇이 들어 있을까?

배낭을 건 아저씨는 계단에 벗어 둔 아저씨 신발과 내 신발을 안으로 들였다. 도운의 신발이 출입문 오른쪽에 깔아 놓은 신문지 위에 놓여 있었다. 신발 세 켤레가 나란히 놓였다. 항공모함처럼 커다란 아저씨의 너덜너덜한 단화와 파란색이 도는 도운의 운동화, 까만색 줄무늬가 박힌 내 샌들. 버려진 피아노 공장의 녹슨 철문처럼 보이는 컨테이너는 밖에서 보면 안에 누가 있는지도 모르게 감쪽같을 거다.

"자, 내가 모셔 온 손님인데 어떠냐? 아무래도 한 번은 이 안을 구경시켜야 할 것 같아서 말이지."

아저씨는 너스레를 떨면서 빈손을 툭툭 털었다.

그래도 도운은 내 쪽을 쳐다보지 않고 고개를 숙인 채 책만 읽고 있었다. 진짜 웃기는 자식이다. 기분 나쁘지만, 어쨌든 도운인 지금 마음이 아픈 상태니까 내가 참는다. 그리고 아저씨의 초대를 받고 온 거니까 나도 당당한 손님이다.

아저씨는 어디서부터 내 뒤를 따라오고 있었던 걸까? 느티나무에서 찻길 건널목을 건너 우리 골목으로 들어올 때까지, 나는 뒤를 돌아보지 않았다. 늘 그렇듯이 집으로 돌아오는 길엔 맥이 빠졌다. 나 혼자만의 생각에 골똘해지면서 주변의 소리들이 들리지 않기도 했다. 나도 모르게 도운이네 집 앞에서 발길이 멎었다. 혹시나 하고 등나무 아래 평상을 들여다보는데 뒤에서 목소리가 들렸다.

"도운이 찾는 게냐?"

도둑질을 하려는 것도 아니었는데 심장이 뚝 떨어질 뻔했다. 뒤를 돌아보니 아저씨가 공터 한가운데 서 있었다. 챙강, 아저씨의 한쪽 귀에 걸린 커다란 귀고리가 햇빛을 받아 빛났다. 아저씨가 손짓으로 나를 불렀다. 나는 마치 아저씨의 긴 손가락 끝에 딸려 가는 것처럼 공터로 들어섰다.

도운이 이 안에 있을 거라는 건 생각하지도 못했다. 그런데 아무 생각 없이 아저씨를 따라 들어온 건 내가 생각해도 좀 겁 없는 짓이었다. 도운이 이 안에 떡하니 버티고 있어서 다행이지만, 그래서 더 서운했다. 나와는 눈도 안 맞추고 알은척도 해 주지 않으니까.

"앉아라. 지붕 안 무너진다."

나는 문간에 쪼그리고 앉았다.

아저씨는 발에 걸리는 것들을 툭툭 쳐 가며 싱크대 앞으로 다가갔다. 천장 아래 달랑 매달린 한 칸짜리 찬장에 수도꼭지가 달린 개수통이 붙어 있었다. 키가 큰 아저씨는 등을 구부린 채 서서 찬장에서 그릇을 꺼내고, 싱크대 서랍에서 비닐봉지에 든 무언가를 꺼냈다.

냉장고도 전기밥솥도 텔레비전도 없는 컨테이너에서 아저씨는 뭘 어떻게 먹고 사는지 궁금했지만, 그런 걸 묻는 건 예의가 아닐 것 같아 입을 꾹 다물고 집 안만 훑어봤다.

책들은 모두 고물상에나 갖다 줘야 할 만큼 누렇게 바래고 오래된 것들이었다. 겉장이 찢어져서 제목을 알 수 없는 책들. 책등이 들쭉날쭉 아무렇게나 쌓인 책 더미는 딱 고물상 집하장에 쌓아 놓은 책과 다를 바 없어 보였다.

그런데 아저씬 이 많은 책들을 어디서 주워 모았을까. 폐지 줍는 할아버지나 할머니 들은 책을 제일 좋아한다. 다 푼 문제집을 모아 공터 앞에 내다 놓으면 오 분도 안 돼 감쪽같이 사라지고 없다. 아저씨도 배낭을 메고 골목골목 다니면서 책들만 주워 모으는 건가? 우리 동네에는 병뚜껑으로 담을 장식해 놓고 사는 이상한 아저씨도 있고, 닳은 구둣주걱만 모아서 벽에 빙 돌아가면서 걸어 놓은 구두 수선소 아저씨도 있다. 고물상에 가져다 팔 생각이 아니라면 아저씨도 그런 사람들처럼 책만 주워 모으는 이상한 수집병이라도 있는 건가?

아저씨는 도운과 나 사이, 조그맣게 비어 있는 공간 한가운데 떡하니 자리를 잡고 앉았다. 아저씨가 우리 앞에 내려놓은 것은 미숫가루였다.

"먹어 봐라. 이건 내 주식인데 먹을 만할 거다."

도운과 내 몫은 플라스틱 컵에 담겨 있고 아저씨 건 국그릇에 담겨 있는데 죽같이 걸쭉했다. 도운이 컵을 들고 미숫가루를 마셨다. 나도 한 모금 마셨다. 얼음도 설탕도 들어 있지 않아서 맹맹한 게 맛이 별로였다. 아저씨는 죽같이 되직하게 갠 미숫가루를 숟가락으로 떠먹었다.

엄마가 해 주던 미숫가루 화채가 생각났다. 우리 엄마만의 특별한 미숫가루. 수박 속을 갈아서 얼음까지 동동 띄운 미숫가루는 시원하고, 달달한 수박 향이 났다. 엄마가 어렸을 적에 외할머니가 그렇게 해서 먹었다고 했다.

미숫가루를 마시면서도 도운은 나와 눈을 마주치지 않고 책만 들여다보았다.

"아저씬 이 책 다 읽은 거예요?"

"글쎄다……."

아저씨가 머뭇거리자 도운이 나를 힐끔 쳐다보았다.

"아저씬 이 중에서 어떤 책이 제일 재밌었어요?"

나는 도운에게 물어보고 싶은 걸 일부러 아저씨한테 물어본다. 설마 아저씨가 이 많은 책을 다 읽었을 거라고는 생각하지 않는다. 그리고 이 책이 아저씨 거라는 것도 의심스럽다.

"책을 재미로만 읽진 않는다. 필요해서 읽기도 하지."

"그럼 어떤 책이 제일 필요한 책이었는데요?"

"글쎄다. 책을 많이 읽다 보면 나한테 필요한 게 뭔지 저절로 알게 되기도 한다."

역시 아저씨답게 대답은 엉뚱했다. 아저씨는 도운과 눈이 마주치자 씩 웃기까지 했다. 까슬까슬하게 돋아난 수염에 미숫가루 찌꺼기가 묻어 있었다.

"사람은 세상을 읽기 전에 자기를 먼저 읽을 줄 알아야 하고 그러자면 책 읽는 건 게을리하지 말아야지. 안 그러냐?"

아저씨는 도운에게 아무렇지도 않게 말을 건넨다. 물론 도운이 대답을 하는 건 아니다. 나하곤 눈도 잘 마주치지 않으면서 아저씨와는 아무렇지도 않게 눈을 맞췄다. 아저씨가 도운을 보고 씽긋 웃었다. 둘만 아는 비밀이 있는 게 틀림없다. 도운은 할머니 몰래 매일매일 컨테이너를 도둑고양이처럼 드나들면서 아저씨와 둘이서만 말을 하는 게 아닐까. 어떻게 사람이 말을 한마디도 하지 않고 살 수 있을까.

"도운인 아저씨와 말도 하나요?"

나는 도운일 빤히 쳐다보면서 아저씨에게 물었다.

"지구 저쪽의 어느 먼 나라에 벙어리들만 사는 섬이 있었단다. 거기서 나고 자란 사람들은 태어날 때부터 말을 하지 않았어. 표정과 손짓 발짓, 몸으로 말을 하는 거지. 그래도 무슨 뜻인지 다 통했으니까."

아저씨의 엉뚱한 이야기는 그렇게 시작되었다. 내가 아저씨에게 물은 건 그런 뜻이 아니었는데 말이다.

책에 고개를 박고 있던 도운이도 고개를 들고 아저씨 말을 주의 깊게 들었다. 이상한 얘기일수록 도운은 눈을 빛내며 주의력을 집중했다. 도운인 신비한 것들에 관심이 많은 애다. 신비한 이야기엔 나도 관심이 많지만, 아저씨 입가에 도는 야릇한 웃음과는 달리 목소리는 엄숙했다.

그 섬엔 신비한 꽃과 나무 들이 가득했다. 하늘의 축복을 받은 지상낙원. 그 섬에서 태어난 사람들은 섬을 벗어나 보지 못하고 죽은 사람들이 대부분이었다.

그들은 전쟁과 폭력을 몰랐고, 시기와 질투심이 없었다. 나무에서 딴 열매, 들에서 찾은 뿌리, 사냥한 짐승과 맛난 꿀과 약초도 모두 나누어 먹었다. 어른과 아이, 여자와 남자는 위계질서를 갖췄지만 모두가 평등했다. 함께 아이를 키우고, 함께 사냥을 나가고, 음식을 만들고, 춤을 추었다.

그들은 독특한 목소리를 내며 노래를 불렀는데, 이으이, 히이야, 호우오오 같은 소리만으로도 단조로운 가락을 만들어내어 풍성한 몸놀림으로 장단을 맞추며 노래를 불렀다. 노래와 춤은 그들에게 최고의 기쁨을 표현하는 수단이었다. 아이가 태어났을 때도, 신랑이 신부를 맞고, 신부가 신랑을 맞을 때도 노래와 춤이 빠지지 않았다. 단, 노래 이외에 그들은 목소리를 사용하지 않았다. 마을의 남자 어른들이 모여 공동 회의를 할 때도 기다란 나무 막대를 사용해 찬성과 반대 의사를 표했다. 찬성에 나무 막대를 높이 치켜 올려 환호하는 몸짓을 했고, 반대 의견일 때는 나무막대를 땅바닥에 길게 눕혔다. 서로 다른 의견을 조율할 땐 손짓 몸짓, 눈빛으로 풀어 냈다.

아, 그들의 입으로 나오는 소리란, 노래가 아니면 아무것도 아니었다.

그러던 어느 날 이방인들이 섬을 찾아왔다. 그들은 동력이 달린 큰 배를 타고 들어왔다. 나무 궤짝에 든 깡통 음식과 그들이 마실 물을 배에서 섬으로 날랐다. 기괴한 모양의 텐트를 치고 원주민들과 조금 떨어진 곳에서 잠을 잤다. 원주민들은 그들을 경계하면서도 호기심을 떨칠 수가 없었다. 그들과 다른 형상과 습관과 생각을 지닌 인간들을 처음 보는 건 아니었으니까. 잠시 바다를 항해하던 중에 이 지상낙원을 거쳐 간 인간들은 오래전에도 있었다.

섬을 찾아온 한 무리의 이방인들은 이후에도 지속적으로 찾아왔다. 원주민들은 그들이 흘려 놓고 간 옷이나 생필품 들을 하나씩 지니게 되었다. 이방인들이 섬을 들락거리게 되면서 충격적인 일들이 생기기 시작했다. 원주민들 중에 한두 사람씩 언어로 의사소통하는 방식을 배우기 시작한 것이다. 말을 할 줄 아는 사람들은 이방인들과 더 친근하게 어울렸다. 말을 시작한 이들은 또한 이방인들을 따라 섬을 벗어나고자 하는 욕망을 키워 갔다. 원주민들의 유일한 언어였던 노래는 점차 퇴색해 가고, 그들이 화합을 이루며 함께 췄던 춤이 퇴색해 갔다.

신비한 꽃과 나무, 과일 향기와 신선한 바닷바람과 깨끗한 하늘, 짐승과 사람의 노랫소리가 어울려 살던 천혜의 축복받은 지상낙원은 이방인들로부터 온 말을 사용하기 시작하면서 차츰 빛을 잃어 가기 시작했다. 그때부터 원주민들의 불행이 시작되었다. 그건 말을 할 줄 알게 된 사람들과 모르는 사람들 사이에 소통이 되지 않았기 때문이다. 불행은 도둑처럼 들어와서 마치 주인처럼 자리를 잡아 갔다.

이야기를 마친 아저씨는 누런 이를 드러내며 씨익 웃었다.

"처음부터 말을 못 했던 벙어리들이 어떻게 말을 할 수 있었던 거예요?"

내가 고개를 갸웃거리며 물었다.

"원래부터 말을 못 한 게 아니라 언어를 사용하지 않았던 거지. 말로 소통하지 않아도 모든 게 다 통했으니까. 정상적인 아이가 태어나도 부모들이 말을 가르치지 않으니까, 아이들은 말을 배울 수가 없게 되는 거야. 거기선 말을 못하는 것이 정상인 거지."

"아저씬 왜 이런 얘길 하는 거예요? 저는 무슨 말인지 모르겠는데."

"글쎄다. 말이란 게 무엇인고, 생각하다 보니 이런 생각까지 하게 된 거란다."

"그럼 아저씨가 지어 낸 거예요?"

"으음. 그럴 리가. 어딘가에서 본 이야긴데 내가 살짝 꾸민 거지. 행복도 불행도 중요한 건 서로를 이해하고 의사소통을 하는 거라는 얘길 하는 거다. 벙어리가 불행한 것만도 아니고, 말을 한다는 것이 행복한 것만도 아닌 거고."

아저씨 표정이 묘하게 일그러졌다.

도운인 아저씨의 말이 이해가 된다는 듯 고개를 끄덕였다. 그렇담, 도운인 아저씨와 말을 나누지 않고도 서로의 마음이 통한다는 건가? 아저씨가 무슨 얘길 하는지 이해가 되는 것 같기도 한데 다시 골똘하게 생각해 보면 뭔가 이상하다는 생각도 들었다. 나는 지금 도운이 어떤 마음인지, 언제부터 다시 말을 할 수 있게 되는지 그게 궁금할 뿐이다.

"그럼, 도운인요?"

"도운인 말을 하지 않아도 지금은 전혀 불편하지 않을 거다. 나는 도운이가 말하지 않아도 그 심정을 이해할 수 있는 거고. 하지만 언젠간 하겠지. 도운이 스스로가 허락한다면, 그게 언제든. 그런 거지?"

아저씨 말에 도운이 눈을 내리깔았다.

"여긴 벙어리 섬도 아닌데 말을 안 하고 어떻게 사람들과 같이 살아요?"

"내가 한 얘기는 일종의 비유인 거야. 꼭 말을 해야만 행복하게 살 수 있는 건 아니란 얘기다. 도운이 마음속에서 말의 필요성을 막아 버린 거니까, 말을 하지 않고 있어도 도운인 불편한 게 아니겠지. 도운인 지금 자기 내면에서 스스로와 싸우고 있는 중인 거지. 아니면 조용히 숨어 있는 거거나."

이번에도 아저씨는 도운일 쳐다보며 말했다.

"아저씨도 말의 필요성을 못 느낄 때가 많다. 사람들과 무슨 말을 해야 할지 몰라서 힘들 때가 있단다. 그러니 차라리 아무 말도 안 하고 입을 꾹 다물고 사는 게 편하지. 세상엔 쓸모없는 말이 너무 많단다."

도운이 무슨 말을 하고 싶은지 입술을 달싹거리다 말았다. 아저씨의 말이 자기 마음과 똑같다는 건지, 아니라는 건지 애매한 표정이다.

도운이 저러고 있으니까 나는 무지무지 답답하기만 한데 아저씨는 아무렇지도 않게 도운과 하고 싶은 말을 나누고 있는 것 같다. 하긴 아저씨와 도운인 친구니까. 다른 사람들이 아저씨를 이해할 수 없어도 두 사람은 서로를 이해할 수 있을지도 모른다.

"아저씬 아저씨 자신이 누군지 기억을 잃어버렸다던데, 그럼 아저씬 병원에서 치료를 받아 봤어요?"

아저씨는 그릇 바닥에 남은 되직한 미숫가루를 숟가락으로 긁어모으다 나를 빤히 쳐다보았다.

"글쎄다. 나도 병원에서 깨어난 적이 있었지. 왜 내가 병원에 누워 있었는지 지금은 생각나지 않는단다. 내가 어떻게 기억을 잃어버리게 되었는지 그걸 알 수 있다면 내가 이런 데서 살지 않을지도 모른다. 난 그걸 찾고 있는 거거든."

"그러다가 못 찾으면요?"

"할 수 없는 거지. 사실은 꼭 찾아야겠다는 생각도 없다. 지금 이대로도 좋아. 나는 지금도 내가 계속 자라고 있는 거라고 생각한단다. 너희들처럼 어린애부터 다시 시작하는 거지."

"이렇게 사는 게 좋아요?"

아저씨가 천천히 고개를 끄덕였다.

하지만 나는 잘 모르겠다. 내가 누군지도 모르고 이런 컨테이너에서 죽을 때까지 살아야 한다면 말이다.

"지금 여기 있는 내가 진짜지, 그전의 나는 아무것도 아니었는지도 모른다. 사실은 그전의 나를 찾는다고 해도 아무 소용이 없을지도 모르고. 사람은 누구나 지나간 일을 잊으면서 살아가기 마련이잖냐. 너희들은 아직 잘 모르겠지만, 이만큼 살다 보면 기억하고 싶지 않은 일들이 있단다. 그게 발목을 잡는 족쇄가 될 수도 있지."

"그럼 우리 엄마 같은 사람은요? 우리 엄마도 자기가 누군지 잘 몰라요. 하지만 우리 엄만 이렇게 살고 싶지는 않을 거예요."

나는 아저씨의 눈을 쏘아보았다. 아저씬 내 마음이 어떤지 상상도 못 할 거다. 아저씬 예전의 일들을 잊어버리고 사는 게 편할지 몰라도, 예전의 기억을 잃어버린 엄마와 함께 살아야 하는 나는, 우리 식구들은 하나도 행복하지 않다. 그건 엄마도 마찬가지일 거다.

"너희 엄마 경우는 또 다르다고 할 수 있지. 그건 어쩔 수 없이 찾아온 병이니까. 그렇더라도 네 엄마에게도 아주 오래전부터 말할 수 없는 많은 고통이 쌓여 있었을 거다. 그 무게를 견디지 못해서 병한테 진 것일 수도 있겠지. 엄마 때문에 네가 불행하다고 생각하겠지. 충분히 그럴 수 있다. 하지만 지금의 엄마도 행복하게 살 권리는 있어. 그러니까 네가 엄마를 좀 더 다르게 생각해 봐. 그러면 너도 좀 덜 슬프고 덜 불행할 거다. 이건 도운이한테 해 주고 싶은 말이었다."

아저씨가 미숫가루를 먹은 빈 컵과 그릇을 들고 일어섰다.

싱크대 앞에 서서 아저씨가 설거지를 한다. 바닥에 끌리는 긴 바지 자락이 다 해져서 끝이 돌돌 말려 있었다. 도운은 아저씨 뒷모습을 멍하니 바라보다 나와 눈이 마주치자 슬그머니 무릎 위에 올려 둔 책으로 고개를 떨어뜨렸다.

답답하다. 나는 도운을 막 흔들어 보고 싶다. 내가 마구 흔들어 대면 도운의 몸속에 고인 말들이 팝콘처럼 마구 튀어나올지도 모른다. 말하고 싶지 않아서 안 하는 거라면, 아저씨 말대로 언젠간 말하겠지.

그런데 정말로 아저씨가 말한 그런 섬이 있었을까? 손짓과 몸짓, 눈빛으로만 말하는 벙어리들만 사는 마을. 그래도 행복했던 그런 마을이 있었을까? 아저씨 마음대로 꾸며 낸, 아저씨 마음속에만 있는 상상의 세계 아닐까?

다 거짓말 같다. 아저씨가 말한 벙어리들만 산다는 먼 나라의 섬도, 도운이 말문을 닫아 버린 것도, 우리 엄마가 일곱 살 아이처럼 변해 버린 것도.

아빠의 트럭

군산에 사시는 큰아빠와 큰엄마가 오셨다. 엄마가 돌아왔을 때 찾아오고 처음이었다.

"동서, 나 알아보겠어?"

큰엄마가 엄마에게 건넨 첫 마디였다.

"그럼요. 그쪽은 주름살도 많고, 얼굴도 까맣게 익고, 몰라보게 변했네요."

엄마가 능청스럽게 대꾸했다.

"말은 잘하네. 정말 나 알아보겠어?"

"저기 시장 안에서 떡집 하는 아줌마네. 그새 나보다 많이 늙어 버렸어."

엄마가 히죽 웃었다. 큰엄마는 잡고 있던 엄마의 손을 놓으며 마지못해 웃었다. 그러곤 쯧쯧 혀를 차며 돌아섰다.

큰엄마는 군산 시장에서 큰아빠와 생선 가게를 하고 있었다. 큰아빠도 큰엄마도 엄마의 능청스러운 연기에 깜빡 속았다가 그제야 뜨거운 불에 덴 듯 화들짝 놀라는 시늉이었다.

큰엄마는 한숨을 내쉬며 팔을 걷어붙였다. 아빠가 먼 길 오느라 고단할 테니 쉬시라고 해도 큰엄마는 부엌 살림살이부터 점검했다. 조기와 물오징어를 크린랩에 싸서 냉장고 냉동 칸에 넣고 밑반찬들은 냉장실에, 아빠가 좋아하는 열무김치는 김치냉장고에 정리해 넣었다. 기름때에 전 가스레인지도 세제를 묻혀 빡빡 닦고, 싱크대 찬장도 깨끗하게 닦았다. 엄마는 안절부절못하며 큰엄마가 일하는 걸 못마땅한 듯 바라보다가 곁에 쪼그리고 앉아 중얼중얼 알아듣지도 못할 말을 늘어놓기 시작했다. 큰엄마가 엄마에게 아무 반응도 보이지 않자 엄마는 큰엄마가 잡고 있던 행주를 확 빼앗아 부엌 바닥에 패대기쳤다.

"아이구, 이젠 별짓을 다 하네. 동서, 여자 손이 가야 할 일이 따로 있지. 이걸 어떻게 서방님 혼자 다 떠맡아그래. 심술부리지 말고 방에 들어가 쉬어."

큰엄마가 행주를 주우며 잔소리를 하자 엄마는 울상인 얼굴로 아빠를 쳐다보았다.

"당신은 방으로 들어가. 형수님 힘들게 하지 말고."

그 순간 나는 아빠가 미웠다. 엄마를 막 대하는 것 같아 큰 엄마도 미웠다. 큰엄마가 우리 집 살림을 깨끗하게 하는 건 좋은데, 이건 아닌 거 아닌가?

엄마는 방으로 들어가지 않고 현관으로 나갔다. 오른쪽 왼쪽 바꿔 뀐 신발을 질질 끌며 무작정 밖으로 나가려고 했다.

"웬 사람들이 남의 집에 와서는 떠들고들 그래, 나도 우리 집에 가야 맘이 편하지."

엄마는 큰아빠와 큰엄마가 있는 집이 우리 집이 아닌 걸로 착각했다.

"왜 그래. 방으로 들어가라니까."

아빠가 갑자기 소리를 질렀다. 엄마를 윽박지르는 소리에 갑자기 집 안 분위기가 차갑게 가라앉았다.

아빠가 엄마를 데리고 방으로 들어가자 큰엄마는 하던 일을 멈추고 거실 한가운데 우두커니 앉아 있었다. 큰아빠도 천장을 쳐다보며 크흠, 헛기침을 했다.

잠시 후에 아빠가 거실로 나왔다. 좁은 거실에 큰아빠와 큰엄마, 아빠가 둥그렇게 모여 앉았다.

"멀리 있는 가족은 옆에 있는 이웃사촌보다 못하다는 말도 있다. 우리가 형편이 넉넉한 것도 아니고, 몸으로 벌어먹고 사느라 자주 들여다보지도 못하는데 걱정만 한다고 힘이 되겠냐. 부모님이 살아 계실 때야 모르겠지만, 네 누나도 그렇고 다들 자기네 살기 바쁜 걸 뭐라 탓할 수도 없다. 답답하니 네 형수도 이러는 거 아니냐. 이해해라."

큰아빠의 얼굴은 우리 집에 올 때부터 줄곧 심각하게 굳어 있었다.

"예, 압니다. 제가 부족한 탓이죠 뭐."

"너 못난 탓을 하자는 게 아니다. 중환자를 데리고 임시방편으로 과일 장사나 하면서 언제까지 이렇게 살 수 있다고 생각하냐? 살 방도를 구해 봐야지. 애들도 한창 돌봐 줘야 할 땐데, 두남이나 두회, 저 어린것들 생각하면 내 마음이 무거워서 잠이 잘 안 온다."

"당신은 그런 말을 뭣하러 해요. 서방님이라고 생각이 없겠어요."

큰아빠의 말에 큰엄마가 퉁을 주었다.

"그러니 하는 말 아닌가. 시골에 내려가서 살 생각이라도 하든가 해야지."

"시골엔 뭐 묻어 놓은 돈이 있어요, 땅이 있어요? 시골살이라고 우습게 볼 게 아니죠. 기반이 있어야 어떻게 움직여 보든지……."

큰엄마가 말을 끝맺기도 전에 큰아빠는 슛, 소리를 내며 큰

엄마에게 인상을 썼다.

"예, 압니다, 형수님."

아빠가 손가락으로 거실 바닥을 톡톡 치며 맥없는 소리로
대답했다.

큰아빠와 큰엄마는 해 질 무렵에 저녁밥도 먹지 않고 군산
으로 내려갔다.

아빠는 저녁을 먹자마자 창고로 들어갔다. 알루미늄 새시
로 된 창고 출입문에 아빠 모습이 얼비쳤다. 전동 드릴로 뭔가
를 뚫는 소리가 들리긴 했지만, 소리는 금방 뚝 끊기곤 했다.

오빠는 큰아빠와 큰엄마가 왔을 때 인사만 하고 슬그머니
사라지더니 하루 종일 코빼기도 보이지 않았다. 이런 날은 오
빠가 집에 붙어 있어야 아빠도 힘이 되는데, 생각할수록 한심
했다.

'어디서 뭐 해?'

카톡으로 문자 메시지를 보냈는데도 답이 없었다. 저녁 시
간에도 안 들어오더니 아직까지 어디서 뭘 하는지 종적이 묘
연했다. 하여튼 기회만 됐다 하면 감쪽같이 사라지는 것도 타
고난 재주다. 이러다 아빠한테 제대로 걸리면 그땐 뼈도 못
추릴 텐데.

엄마는 누워서 텔레비전을 보고 있다. 텔레비전에 집중하

고 있을 때도 엄마가 무슨 생각을 하는지 궁금했다. 화면 속의 사람과 화면 밖의 사람을 혼동하고, 거울 속에 비치는 엄마 자신을 또 다른 사람으로 착각하는 엄마의 머릿속에선 지금 어떤 일지 벌어지고 있을지 모르겠다. 거울과 텔레비전 브라운관까지 신문지로 덮어 두던 아빠가 웬일로 엄마에게 텔레비전을 보게 했는지 모르겠다.

화면이 바뀌고 우스꽝스러운 장면이 나오자 엄마는 뭔가를 안다는 듯 히죽히죽 웃었다. 엄마는 오늘 누가 집에 다녀갔는지도 벌써 잊어버렸을 것이다. 엄마한텐 걱정이란 게 없다. 내가 일곱 살이었던 때를 떠올려 보면, 그때 나한테도 무슨 걱정거리가 있었던 것 같지는 않다. 일곱 살 박두희는 그냥 박두희일 뿐. 그렇담 우리 엄마 김창순도 그냥 김창순일 뿐인가?

"엄마, 재밌어?"

심술을 부리듯 물었다.

빠른 속도로 화면이 바뀌는 광고에 정신이 팔려 있던 엄마는 나를 힐끔 쳐다보곤 그만이다. 지금 엄마의 머릿속엔 텔레비전 화면보다 몇 십 배속 빠른 속도로 엄마만의 화면이 돌아가고 있을지도 모른다.

우리 가족은 엄마 때문에 아주 심하게 한쪽이 기울어져 있다. 말하자면 네 개의 다리를 가진 밥상에서 다리 한 개가 고장이 나 있는 거다. 그럼 고치면 되지 않느냐고? 그 밥상은 한번 만들어지면 마음대로 고치거나 바꿀 수 없게 된 밥상이다. 아빠 다리가 고장 나거나 빠져 버리면 우리 집은 폭삭 무너져 버릴 거다. 우리 집 밥상에서 가장 튼튼한 다리가 아빠이기 때문이다. 엄마가 턱을 쳐들고 아빠만 바라보듯이 오빠와 나도 아빠만 바라보고 있으니까.

밤늦은 시각, 아빠는 창고 계단참에 앉아 담배를 피우고 있었다. 등을 보이고 앉아 있는 아빠 모습이 쓸쓸해 보였다. 현관에서 아빠를 부르자 아빠가 힐끔 돌아보았다.

"오빠한테 전화해 봤어요?"

"늦는단다. 넌 어서 자거라."

아빠 목소리엔 힘이 없었다. 오빠가 돌아올 때까지 밖에서 기다릴 작정인지 아빠는 꼼짝도 하지 않았다. 나는 아빠를 두고 문을 닫는다. 엄마를 집 안에 두고 밖에서 열쇠로 문을 잠글 때처럼 기분이 이상했다.

"두남인 앞으로 딴생각하지 말고 공부만 열심히 해라. 그게 아빨 도와주는 거다."

오빤 어젯밤 내가 잠든 뒤에 왔나 보다. 그런데 아빠는 화가 난 게 아니라 우울한 것처럼 보였다. 조용히 밥만 먹고 있는 오빠도 평소와 다른 분위기다.

"아빠도 사는 게 힘들다. 너희들까지 그러지 마라, 응?"

'무슨 일이야?' 아빠 몰래 오빠에게 붕어처럼 입을 뻥긋거리며 물었지만 오빠는 오히려 나한테 '뭐?' 하는 눈치를 줬다.

아침은 아빠가 끓인 된장국이다. 엄마는 된장국에 밥을 말아 유난히 후루룩거리는 소리를 내며 먹었다. 엄마도 분위기를 타는지, 아빠 눈치를 봤다. 그러니까 엄마도 눈치는 있는 거다. 이럴 때 보면, '엄마가 제정신으로 돌아왔나?' 싶지만, 역시나 아니다.

"빵 사 줘."

엄마는 밥 한 그릇을 다 먹고 숟가락을 놓으면서 빵 타령이다.

"이 사람아, 아침부터 무슨 빵이야. 집 안에만 있지 말고 오늘은 두남이랑 바람도 쐬러 나가고 좀 움직여 봐요."

아빠 말에 움찔한 엄마가 뒤로 물러나 앉았다. 아빠가 엄마한테 '요' 자를 붙일 때는 다정스럽게 대할 기운이 없거나 고민거리가 있어 마음이 무거울 때다. 가끔씩 술을 마시고 들어올 때도 아빠는 엄마에게, '이 사람아' 하면서 '요' 자를 붙인다. 엄마는 아빠가 술 냄새를 풍기며 들어올 때 아빠를 가장 무서

위한다. 아빠가 다가가면 독 오른 복어처럼 몸을 사렸다.

엄마가 사라져 버린 뒤 아빠는 자주 술을 마셨다. 하지만 한 번도 술을 마시고 들어와서 소리를 지르거나 우리를 때린 적이 없다. 아빠는 술에 취하면 오빠와 나를 붙들고 울었다. 술을 마시지 않을 땐 아빠의 우는 모습이란 상상도 할 수 없는 일이다. 다신 술 안 마시마, 술이 깨면 약속했지만 지키지 못할 때가 많았다. 엄마가 돌아온 뒤, 아빠는 술을 안 마시려고 노력하는 편이다. 트럭을 운전해야 하기도 했지만, 술 취한 아빠를 무서워하는 엄마를 위해서다.

어젯밤, 내가 잠든 뒤에 아빠는 술을 마신 건가? 문 앞에 쓸쓸하게 앉아 있던 아빠의 뒷모습이 떠올랐다. 아무리 생각해도 이게 다 어제 오빠가 늦게 들어온 탓이다. 나는 '두고 봐' 하는 표정으로 오빠를 째려보았다.

"밥 다 먹었으면 상 치우고 여기 좀 앉아 봐라. 아빠가 오늘 너희들한테 할 얘기가 있다."

아빠가 우리한테 할 말? 나는 오빠 얼굴을 힐끔 쳐다봤다. 오빠는 알고 있는 줄 알았는데, 전혀 모른다는 눈치다.

"과일 장사를 그만둘까 한다."

"그럼 뭐할 건데요?"

오빠가 방정맞게 되물었다. 두 번 생각해 보지도 않고, 생각나는 대로 바로바로 말하는 게 오빠 특기다. 이럴 땐 아빠가 다음 말을 할 때까지 좀 기다려도 되는데.

"그래서 아빠도 생각 중이다. 너희들 생각을 알고 싶어서. 차가 있으니까, 멀리 공사장에 일거리가 생기면 며칠씩 가서 일할 수도 있고……. 엄말 돌봐 줄 도우미 아줌마도 신청해 놓았으니까, 아줌마한테 엄마 병원 다니는 일은 부탁할 수도 있고. 너희들이 엄말 잘 보살피면, 아빠가 마음 놓고 일할 수 있지 않겠냐."

"싫어요."

이번엔 내가 두 번 생각해 보지도 않고 불쑥 말했다. 갑자기 아빠가 멀리 떠나겠다는 말처럼 들렸다.

"다른 장사를 하면 되잖아요."

오빠의 볼멘소리에 아빠가 으흠, 헛기침을 했다.

"그래서 아빠도 이 궁리 저 궁리 해 보고 있는 거 아니냐. 붙박이로 장사를 할 수 있는 가게도 알아보고는 있는데, 그건 형편이 여의치 않고."

"여기보다 더 작은 집으로 이사 가고 그 돈으로 가게 얻으면 되잖아요."

오빠의 말에 아빠는 라이터로 방바닥만 톡톡 두드렸다. 이사를 간다? 그건 생각해 보지 않았지만 아빠가 트럭을 끌고 먼 곳으로 일을 다니는 것보단 차라리 그게 낫겠다.

"알아봐야지."

아빠의 표정이 어두웠다.

"두남이, 너도 딴 걱정일랑 말고 공부 열심히 해. 엄마 아프다는 핑계로 놀 궁리만 하지 말고. 너희들이 제대로 해 줘야 아빠가 힘을 얻는다. 알았냐?"

"네."

오빠가 기어 들어가는 목소리로 마지못해 대답했다.

"너무 걱정하지 마라. 금방 그럴 거라는 건 아니고, 더 생각해서 결정하마. 네 엄마만 나빠지지 않으면 아빠는 무슨 일이든 할 작정이다."

엄마는 찡그린 얼굴로 손톱에 돋아난 거스러미를 뜯는 데온 신경을 집중하고 있었다. 엄마는 정말이지 지금 이 순간에도 우리와는 너무 멀리 있는 것 같다.

"아빠, 시골로 이사 갈 생각은 아니죠?"

어제 큰아빠가 한 말이 생각나서 물었다. 혹시나 아빠가 이런저런 생각을 하다가 시골로 이사를 가겠다고 하는 일이 생길까 봐. 평소답지 않게 존댓말이 나올 땐 내 마음이 평소와 다르다는 걸 아빠도 눈치챘을 거다.

"그런 건 두희, 네가 신경 쓸 일이 아니다. 그게 쉽게 결정

할 수 있는 일도 아니고."

오빠는 '이건 또 무슨 소리?' 하는 표정으로 아빠와 나를 번 갈아 쳐다보았다.

"어제 큰아빠가 그랬잖아요."

"야, 넌 그게 지금 말이 되냐? 시골로 들어가서 풀뿌리 캐 먹 고 살 것도 아니고."

역시나 오빠의 생각 없는 저 오두방정은 말릴 재간이 없다. 아빠도 기가 막히는지 헛, 하고 헛웃음 소리를 냈다.

"시끄럽게들 하지 말고 오늘은 얌전히 둘 다 집에 있어. 엄 마만 두고 밖으로 나돌지 말고. 그러잖아도 아빠가 많이 힘든 거 알지?"

이건 철딱서니 없는 박두남을 두고 하는 소리다.

아빠는 장사 나갈 준비를 서둘렀다. 새벽에 청과물 시장에 과일을 떼러 갔다 와서 눈도 못 붙이고 일을 나가는 거다.

아빠가 나가고 나자, 나는 오빠를 졸졸 따라다니면서 캐물 었다.

"어제 어디 갔었어? 여자 친구랑 놀다 온 거지? 그래서 아빠 한테 혼난 거지?"

"까불지 마. 내가 너처럼 거짓말하면서 놀러만 다니는 줄 아냐?"

어쭈? 되게 세게 나온다. 내가 오빨 너무 쉽게 봤나? 하지만 오빠는 5분도 안 돼 털어놓았다. 말하고 싶어 입이 근질거렸을 텐데 어떻게 참았나 싶다.

"아르바이트 갔었거든?"

"아르바이트? 무슨 아르바이트."

"전단지 돌리는 거."

"혼자?"

"아니. 우리 반에 성찬이란 애가 있는데, 걔네가 야식장사 하거든. 성찬이가 전단지 돌리고 부모님한테 용돈 받는데 나도 끼워 달라고 그랬지."

"그래서, 돈 벌었어?"

"벌었지."

오빠가 헤헤거렸다.

"얼마?"

"애들은 몰라도 돼."

"벌면 뭐하냐? 전단지 돌리고 나서 피시방에서 놀다 늦게 온 거지?"

"이게. 뭣도 모르면 잠자코 있어라."

괜히 나한테 신경질이다. 그거야 두고 봐야 알지. 오빠가 어제 길거리에서 전단지를 돌린 게 거짓말이 아니라면, 그러느라 밤늦게까지 집에 들어오지 않았다면 확실히 철든 게 맞긴 맞다. 언제까지 갈지는 잘 모르겠지만.

어느새 여름방학도 다 지나가고 있었다. 한 것도 없고, 별로 놀지도 못했는데 도둑맞은 것처럼 시간이 없어졌다. 엄마 때문에 속상한 일이 있을 땐 하루가 몇 십 년처럼 길게 느껴졌는데, 나의 열네 살은 한꺼번에 뭉텅 달아나 버린 것 같다.

아빠는 요즘 장사가 잘되지 않는다고 했다. 끝물인 참외를 떼어 팔다가 남은 거랑 복숭아를 도운이 할머니에게 가져다주고 왔다며 혀를 끌끌 찼다.

"불쌍한 노인네. 노인네가 얼른 기운을 차려야 할 텐데, 세상 참."

아빠가 불편한 얼굴로 혀를 차자 엄마는 아빠가 화난 줄 알고 아빠 눈치를 보면서 슬금슬금 피했다.

매일 마늘을 까던 도운이 할머니는 부채를 들고 등나무 아래 평상에 멍하니 앉아 있기만 했다. 할머니는 마당도 쓸지 않았다. 집 안과 평상을 왔다 갔다 하는 할머니는 다리도 전보다 더 많이 절룩이는 것 같았다. 내가 인사를 해도 아무 말 없이 공터 쪽을 가만히 바라보기만 했다. "엄만 어떠시냐?" 나만 보면 묻곤 하던 할머니는 우리 엄마도 전혀 궁금하지 않나

보다. 도운이 할머니도 도운이처럼 말문을 딱 닫아 버릴 모양인지 말이 없었다.

할머니도 많이 아프시냐고 묻자, 아빠는 시간이 좀 더 지나야 한다고 했다.

"상처도 딱지가 앉아야 낫는 법이다. 도운이도 할머니도 지금 가장 힘든 시간을 보내고 있을 거다."

아빠의 한숨이 무거웠다.

"도운이 얼굴은 좀 보니?"

뚱 선생님은 내가 도운과 같은 골목에 산다는 이유로 볼 때마다 물었다. 그때마다 나는 고개를 흔들었고 뚱 선생님은 걱정스러운 얼굴이었다. 느티나무 아이들은 도운이 하나쯤 느티나무에 나오지 않는 건 아무도 상관하지 않았다. 장미는 오디션 준비에 미쳐 있고, 승훈이나 완율이, 이 의리 없는 자식들은 도운이 걱정은 눈곱만큼도 하지 않았다. 하긴, 도운이 잘난 척을 엄청 했으니까.

저녁밥을 먹고 나면 나는 공터 주변을 어슬렁거렸다. 해 질 무렵, 집 안은 낮보다 더 견디기 힘든 더위가 느껴졌다. 지열을 받은 지붕이 식지 않아 밤에도 더위가 좀처럼 꺾이지 않는다고 아빠가 말했다. 선풍기 앞에 얼굴을 대고 있는데도 더운데 엄마는 덥지도 않는 모양이었다. 누워 있을 때도 꼭 두툼

하게 배를 누르는 이불을 덮고 있었다. 그런데 이상하게도 엄마는 땀을 흘리지 않았다. "엄마 안 더워?" 하고 물어도 엄마는 반응이 없었다. 지금이 여름인지 겨울인지 구분을 못하는 건 아닐까?

골목에서 아빠를 기다린다는 건 핑계였다. 컨테이너에 한 번 들어갔다 나온 뒤로 내 신경은 온통 그곳에 가서 꽂혔다. 통 눈앞에 보이지 않는 도운은 아마 컨테이너에 콕 틀어박혀 있을 것이다. 컨테이너 안에다 신발을 들여놓으면 사람이 있는지 없는지도 알 수 없으니까.

컨테이너는 밤에 불이 켜져 있을 때도 있고, 꺼져 있을 때도 있었다. 어저께는 집에서 몰래 설탕 한 봉지를 꺼내 왔다. 불이 꺼져 있는 컨테이너의 출입문 손잡이를 슬쩍 당겨 보았다. 예상했던 대로 문은 잠겨 있지 않았다. 아저씨가 열쇠로 문을 잠그는 걸 한 번도 본 적이 없으니까. 나는 얼른 설탕 봉지를 문 안으로 밀어 넣고 문을 닫았다. 누가 보면 내가 이상한 짓을 하는 것처럼 보였을지도 모른다. 다행히 아무도 본 사람이 없었다.

"너, 똥 마렵냐?"

저녁밥만 먹고 나면 밖으로 들락거리는 나에게 오빠가 빈정대며 물었다.

"그런 거 아니거든."

꼬리가 길면 잡힌다는데, 혹시 내가 설탕을 훔쳐다 아저씨한테 갖다 준 걸 알까 봐 뜨끔해서 소리를 질렀다.

"너 요새 이상한 거 알아? 그러다 아빠한테 혼난다."

이젠 도사 흉내도 내네. 자기가 알면 뭘 안다고.

내가 갖다 놓은 설탕을 봤는지, 못 봤는지 아저씨한테 물어볼 수 없어 나는 전전긍긍이었다. 도대체 아저씬 어딜 돌아다니는 건지 불까지 꺼져 있으니 더 답답했다. 혹시 도운이도 아저씨랑 어울려서 막 쏘다니고 있는 건 아닐까. 불이 꺼진 컨테이너를 보고 있으면 별별 이상한 생각이 다 들었다.

아빠 트럭만 해도 그랬다. 꿈에서 아빠 트럭이 보였다. 아빠가 과일 장사를 그만두겠다는 말을 들었을 때부터다. 운전대를 잡은 아빠의 얼굴은 눈과 코가 붙어 있어 알아볼 수도 없었지만 아빠라는 느낌만은 확실했다. 달리는 트럭에 마술을 부리듯이 수박들이 자꾸자꾸 늘어나서 트럭이 안 보일 정도로 가득 차 버렸다. 수박이 가득 실린 아빠의 트럭은 비행기가 날고 있는 사막의 길을 달려가기도 하고, 바다가 끝없이 펼쳐진 아슬아슬한 벼랑길을 달리기도 한다. 아빠의 트럭은 다시는 집으로 돌아오지 않을 것처럼 지구 끝까지 달리고 달린다. 맨발로 아빠 트럭 뒤를 쫓아 열심히 뛰다가 잠에서 깼을 때야 나는 내가 꿈속에서부터 울고 있었다는 걸 알았다.

아빠에게 남은 건 낡은 트럭 한 대밖엔 없다. 큰엄마 말대로 땅도 없고, 묻어 둔 재산도 없고, 기껏해야 트럭 한 대! 하지만 생각해 보면 아빠와 함께 언제든 사라져 버릴 수 있는 게 트럭이었다. 꿈속에서처럼 엄마와 우리들을 남겨 놓고 말이다.

짝짝이 신발과 나비 티셔츠

엄마가 사라졌다. 눈 깜짝할 사이에.

엄마가 사라진 그 시간에 나는 지하상가에서 길을 잃고 헤매고 있었다. 화장실 화살표를 따라 십자 코너에서 오른쪽으로, 왼쪽으로, 중앙 기둥을 지나 다시 5번 출구가 보이는 코너를 돌았는데……, 화장실에서 볼일을 보고 나왔을 땐 모든 게 뒤죽박죽 뒤섞여 있었다.

장미는 전에 생각해 둔 가방이 있다며 가방 가게 앞에서 움직이지 않았다.

"갔다 와. 여기서 기다릴게."

장미가 있을 가방 가게를 찾아 길을 헤매다 장미에게 전화를 걸었는데 통화가 안 되는 바람에 당황하기 시작했다. 장미는 사람들도 많고 시끄러워서 전화벨 소리를 못 들었을지도 몰랐다. 당황하기 시작하자 길들이 여러 겹으로 더 엉키기 시작했다. 가방 가게 이름도 몰랐다. 옷을 구경하러 다니면서 옷가게 이름을 보고 다닌 건 아니었으니까, 장미만이 아는 가방 가게 상호는 보지도 않았다.

사람들이 나를 툭툭 치고 지나갔다. 지하상가 십자 코너에서 큰 기둥은 찾았지만 그다음부터는 길목이 계속 헷갈렸다. 딱딱한 가방을 한쪽 어깨에 멘 여자가 가방으로 내 어깨를 치고는 모른 척 뚜벅뚜벅 걸어갔다. 어깨가 제법 아팠다. 나는 멀어지는 여자의 등을 얼굴을 찡그린 채 쏘아보았다.

지하상가는 마치 엄마의 머릿속처럼 산만하고 어지러웠다. 인천 지하철과 1호선 지하철이 환승되는, 서른한 개의 출구를 가진 거대한 지하상가였다. 장미 꾐에 빠져 여기까지 온 게 후회가 됐다.

처음엔 장미 언니만 찾아보고 곧장 돌아갈 생각이었다.

"우리 언니가 여기 전철역 근처 편의점에서 일한다고 얼마 전에 나한테 메시지를 보냈단 말이야. 근데 언니는 내 전화를 안 받아."

"전화도 안 받는데 언니를 어떻게 찾아?"

"그러니까 더 뒤져 봐야지."

편의점 여섯 곳을 돌았는데 장미 언니는 없었다. 어젯밤에 여기서 일한 사람을 찾는다고 장미 언니의 이름을 대고, 장미 휴대폰에 저장된 언니의 사진을 보여 줬지만 하나같이 모른다고 했다. 여섯 번째 편의점에서 나올 때 장미는 거의 울듯한 표정이었다. 나는 배가 고팠다. 장미가 사 주겠다고 한 치즈떡볶이는 고사하고, 느티나무의 점심 메뉴가 눈앞으로 확확 지나갔다. 얌전히 느티나무에 있었다면, 지금쯤은 오므라이스를 맛있게 먹고 있었을 거다. 그런데 느티나무엔 얼굴만 내밀고 장미와 몰래 빠져나왔다.

"가자! 난 느티나무에서 점심 먹고 일찍 집으로 간다고 오빠하고 약속했거든."

"여기까지 왔는데 그냥 들어가? 지하상가 한번 오기가 얼마나 어려운데. 그러지 말고 구경하고 가자, 응?"

언니를 못 찾아 동동거리면서 애타 하더니 장미는 금방 표정을 바꿔 말했다.

그때 집으로 돌아갔어야 했다. 버스로 30분 거리. 그것도 한 번에 가는 버스가 없어 갈아타야 했다.

나는 기둥 앞에서 가방 가게 찾기를 포기하고 손에 들린 휴대폰만 뚫어져라 쳐다보고 있었다. 그때 마침 전화벨이 울렸다. 장미인 줄 알고 전화를 받았는데, 아빠였다.

엄마가 사라졌단다.

벌써 두 시간째 행방을 찾을 수 없다고 했다.

"어디냐? 얼른 집으로 와라."

아빠가 떨리는 목소리로 말했다. 그때부터 무조건 출구를 찾아 지상으로 나왔다. 버스를 탔을 때야 장미한테서 전화가 왔다.

"너 혼자 와. 난 버스 탔어."

"뭐야? 치사하게."

장미가 소리를 질렀지만, 전화를 끊어 버렸다.

이런 날이 올 줄 알았다. 안 좋은 일은 뭐든 줄지어 왔다. 마치 애써 세워 놓은 도미노들이 살짝 스친 손가락에 와르르 쓰러지는 것처럼.

아빠는 넋을 놓은 채 현관에 앉아 있었다. 아빠 발치에는 파란색 슬리퍼와 회색 슬리퍼가 한 짝씩 놓여 있었다.

"이제 보니 짝짝이 신발을 신고 나갔구나."

아빠가 힘없이 중얼거렸다. 엄마가 짝짝이 신발을 신고 나간 것도 아빠는 이제야 안 모양이다.

"반짝이 나비가 있는 검은색 티셔츠를 입고 있어."

아빠가 다시 한 번 중얼거렸다.

반짝이 나비가 그려진 반팔 티셔츠는 엄마 생일날 아빠가 선물한 것이다. 엄마는 선물을 받은 날 밤 반짝거리는 실로 수놓아진 티셔츠를 입고 잤다. 웬만해선 그 티셔츠를 벗으려고 하지 않았다. 빨래를 하려고 할 때도 억지로 벗겨야 했다. 빨랫줄에 걸린 나비 티셔츠를 보면 엄마는 마르지도 않은 티셔츠를 입겠다고 떼를 썼다. 엄마가 그 티셔츠를 좋아하는 건 아빠의 선물이어서가 아니라 반짝거리는 나비 때문이란 걸 우리 식구는 다 알고 있다. 아빠는 벌써 동네를 몇 바퀴 뒤졌지만 엄마를 찾지 못했다고 한다.

"오빠는요?"

"트럭 지키고 있다. 네 엄마 어디서 또 헤매고 있을 거다. 빨리 찾아야 하는데……."

힘없이 일어선 아빠가 갑자기 골목으로 뛰어갈 때 나도 아빠를 따라 뛰기 시작했다.

엄마가 사라졌다.

땀인지 눈물인지 눈앞이 흐려졌다. 내가 거짓말하고 장미를 따라간 벌을 받고 있는 것 같았다.

트럭 앞에는 오빠가 왔다 갔다 하면서 서성이고 있었다. 아빠는 오빠를 보자마자 "엄마는?" 하고 소리쳤다. 오빠는 힘없이 고개만 저었다.

"두남이는 혹시 엄마가 트럭을 찾아올지도 모르니까 꼭 붙어 있고, 두희는 집으로 들어가거라. 엄마가 집으로 왔다가 아무도 없는 줄 알면 또 나갈 거 아니냐. 아빠는 신고부터 해야겠다."

아빠는 서둘러 찻길을 건너 파출소를 향해 뛰어갔다.

오늘 아빠는 동네에서 장사를 하기로 했다. 월드메르디앙 후문. 아빠가 가끔씩 장사를 하는 곳이다. 엄마가 자꾸만 따라가겠다고 졸라서 오빠는 엄마를 아빠한테 데려다줬다. 집에 돌아온 오빠는 한 시간쯤 후에 엄마를 데리러 오기로 했다. 땡볕에 서 있는 오빠를 아빠가 집으로 보낸 거다. 엄마는 간이 의자에 앉아 졸다가 트럭 조수석에 들어가 낮잠을 잤다.

엄마는 아빠가 수박 배달을 간 사이에 사라졌다. 트럭을 세워 놓은 바로 뒤쪽 건물이어서 아빠는 엄마가 트럭에서 낮잠을 자는 사이에 금방 다녀올 생각이었다. 코까지 골면서 곤하게 자고 있어서 설마 엄마가 사라지리라고는 생각하지 못했다. 그런데 아빠가 배달을 하고 돌아왔을 때 엄마는 트럭에 없었다.

오빠는 이 얘기를 내게 들려주면서 다 내 탓인 것처럼 나를 노려봤다.

"속 시원하냐?"

나는 아무 대꾸도 하지 못했다.

나는 집으로 간다.

월드메르디앙 놀이터 앞을 지날 때는 혹시나 하고 놀이터 안으로 들어가 봤다. 놀이터에는 햇빛만 쨍쨍하고 사람 그림자 하나 없었다. 엄마는 어디로 갔을까. 엄마는 방향감각이 없다. 나는 그 말을 떠올릴 때마다 박쥐를 떠올린다. 이두운 밤에 박쥐는 뛰어난 방향감각기로 비행도 하고 먹이도 찾고, 자기 새끼가 있는 곳으로 정확하게 돌아간다. 그런데 박쥐의 방향감각기에 고장이 났다면? 숲의 나무나 높이 솟은 고층 건물에 부딪칠 것이다. 머리에 피가 흐르고 결국은 땅에 떨어져 죽을 것이다. 그 생각을 하면 오싹 소름이 돋는다.

어쩌면 사람의 머릿속은 호두 속처럼 생긴 게 아니라 커다란 동굴같이 생기지 않았을까. 잘못 들어가면 길을 잃을 수도 있는 어둡고 깊은 동굴. 그 동굴 속엔 수만 개의 길이 있어서 생각들이 서로서로 길을 찾아다니며 집을 짓고 있을 것만 같다. 그렇지 않다면 셀 수도 없는 많은 생각들을 한꺼번에 담아 둘 수가 없을 거다. 우리 엄만 그 동굴이 거의 다 무너져 길이 막혀 버려서 집으로 오는 길도, 생각의 길도 찾지 못하는 거다. 칠딱칠딱칠딱. 슬리퍼를 끌고 가는 엄마의 발소리가 들리는 것 같았다.

집에 도착하자 도운이 할머니가 우리 집 현관에 앉아 있었다.

"엄마는 찾았냐? 아까 느이 아버지가 찾으러 다니더니만."

나는 아무 대답도 못 하고 고개만 푹 숙였다.

"에구구, 식구들이 이게 뭔 고생이여."

할머니가 안타까운 듯 쯧쯧 혀를 찼다.

"할머니가 집 봐 주고 있을 테니까, 나가서 찾아봐라. 엄마가 어디 갈 만한 데가 있나 생각해 보고 속속들이 한번 찾아봐. 동네 어디서 헤매고 있을 거다."

엄마가 갈 만한 데?

도운이 할머니에게 집을 맡겨 놓고 나는 느티나무로 뛰어갔다. 예전의 엄마는 느티나무 가는 길을 나처럼 눈 감고도 갈 수 있을 만큼 훤히 알고 있었다. 김밥천국에 출근하기 전에 나를 보러 느티나무에 종종 들르기도 했고, 느티나무에서 학부모 행사나 소풍, 발표회가 있을 때도 한 번도 빠진 적이 없었다. 나는 입에서 단내가 날 정도로 뛰었다. 건널목을 건너고 청솔문구점 앞을 지나고, 백조세탁소 앞을 지나 느티나무까지 단숨에 뛰어 올라갔다.

"무슨 일이야? 오늘은 장미도 그렇고, 너도……."

"우리 엄마 여기 안 왔어요?"

나는 뚱 선생님의 말을 자르며 물었다. 뚱 선생님은 잠시 내 말이 무슨 뜻인지를 생각하는 듯하더니, "엄마?" 하고 되물었다.

"엄마가 없어졌어요."

그 말을 뱉는 순간 나도 모르게 울음이 달려 올라왔다. 참으려고 했는데, 누르면 누를수록 울음이 점점 커졌다.

"두희야 울지 말고 제대로 얘기해 봐. 엄마가 혼자서 집을 나가셨니?"

나는 간신히 고개만 끄덕였다. 선생님이 내 어깨를 두드리며 울음을 진정시키려 애썼다.

"그래, 그래. 알았으니까 힘내자. 이 근처는 선생님이 찾아볼 테니까, 넌 어서 집에 가 봐. 이따가 엄마 찾으면 선생님한테도 연락 주고."

엄마는 어디로 사라져 버렸을까. 엄마가 사라진 지 벌써 세 시간이 지났다. 세 시간을 쉬지 않고 걷는다면 어디까지 갈 수 있을까. 엄마는 짝짝이 신발을 신고 어디를 가고 있을까?

느티나무에서 나와 시장 쪽으로 뛰기 시작했다. 시장을 지나 사거리 모퉁이를 돌면 엄마가 일했던 김밥천국이었다. 내 얼굴은 벌써 땀범벅이다. 뛰다가 힘이 빠져 시장 앞의 건널목을 향해 느릿느릿 걷기 시작했다.

건널목 신호등 앞에 사람들이 서 있었다. 이쪽저쪽에 서 있는 사람들 속에도 엄마는 보이지 않았다. 짝짝이 슬리퍼를 신고, 아빠가 생일 선물로 준 반짝이 나비가 그려진 티셔츠를 입고 엄마는 또 사라졌다. 사라져 버렸던 엄마가 다시 돌아왔지만 나는 여전히 앨리스처럼 이상한 나라를 헤매는 것 같다는 생각을 하곤 했다. 엄마가 돌아왔지만 내가 생각하고, 그리워했던 엄마가 아니었기 때문이다. 그렇담 차라리…… 이번에도 엄마를 찾지 못한다면, 차라리……. 악마가 내 귀에 속삭이는 것 같았다.

내가 신호등 앞에서 넋을 놓고 서 있을 때 누군가 내 팔뚝을 툭 쳤다. 나는 깜짝 놀라 뒤를 돌아보았다. 악마한테 내 마음을 들킨 것처럼 심장이 뚝 떨어질 뻔했다. 배가 홀쭉한 배낭을 짊어진 컨테이너 아저씨가 나를 보고 씩 웃었다. 나는 아저씨의 눈을 피했다.

"어딜 그렇게 뛰어 다니느라 숨이 가쁘냐?"

아저씨는 어딘가에 숨어서 나를 지켜보고 있었던 것처럼 말했다.

"엄마가…… 엄마가 또 사라져……."

한마디만 더하면 눈물이 터질 것 같았다.

"엄마를 찾으러 다니는구나."

사람들이 건널목을 건너기 시작했다. 나는 그냥 자리에 주저앉고 싶었다.

"가자."

아저씨가 내 손목을 잡아끌었다. 생각보다 힘이 센 손이다. 나는 아저씨의 손을 뿌리치고 아저씨를 따라 길을 건넜다.

"힘내라. 어쩌면 엄마가 집에 돌아와 계실지도 모르잖냐."

아저씨 말대로 아무 일도 없었던 것처럼 엄마가 집에 돌아와 있었으면 좋겠다. 건널목에 서서 내가 했던 생각을 아저씨한테 들킨 것 같아 자꾸만 뒤를 돌아보았다. 내가 엄마를 찾으면서 지나온 길 어딘가에 엄마가 있을 것만 같았다.

엄마를 씻기면서 아빠가 운다. 땀과 땟국으로 꼬질꼬질한 엄마를 데리고 세면실로 들어간 아빠는 샤워기로 엄마를 씻겼다. 엄마의 얼굴을 씻기고 머리를 감기고, 먼지와 때가 뒤엉킨 발을 뽀득뽀득 소리가 나게 문지르면서 울었다.

"이 사람아, 어쩌자고 혼자서 차 문을 열고 나가그래. 당신이 혼자 갈 수 있는 데가 어디 있다고. 길 잃어버리니 조심하라고 했어, 안 했어. 응?"

꺽꺽거리는 아빠의 울음소리는 수돗물 소리에 섞여 들었다.

세면실 문은 문짝 밑이 불어 꼭 닫히지 않고 벌어져 있었다.

문틈으로 엄마의 두둑한 어깨가 보였다 사라지고, 아빠의 등이 보였다 사라졌다. 아빠는 내가 보고 있다는 것도 아랑곳 않고 여전히 수돗물을 틀어 놓고 두 팔을 내려뜨린 채 울었다.

엄마를 찾은 건 해 질 무렵이었다. 경찰관 두 명과 아빠, 오빠까지 나서서 처음부터 다시 엄마를 찾기 시작했다. 그런데 엄마를 지구대로 데리고 온 건 낯선 할머니였다. 엄마를 보호하고 있던 지구대는 우리 집에서 몇 정류장이나 떨어져 있었다. 엄마를 찾았다는 전화가 오자마자 아빠와 나는 택시를 타고 달려갔다.

엄마를 데리고 온 할머니는 짝짝이 신발을 신고 버스 정류장 의자에 멍하니 앉아 있는 엄마가 이상하게 보여 말을 붙였다고 했다.

"뭘 물어도 대답을 해야 말이지."

할머니는 경찰관이 준 음료수 병을 따서 벌컥벌컥 들이켠 뒤 말했다.

"가만 보니 보통 우리들하고는 달라. 내 눈썰미가 이래 봬도 쓸 만하고, 나이 먹어 기력은 없지만 총기는 아직 살아 있거든. 그래서 내가 이름을 물어봤지. 그런데 알아듣지도 못할 소리만 중얼거리니 이상하다 생각했지."

할머니는 의자에 올려놓았던 보따리에 한쪽 팔을 기대며

휴우, 된 숨을 내쉬었다.

"내가 때를 놓쳐 요기를 못 했어. 그래서 빵을 꺼내서 먹자니, 이 양반이 글쎄 배가 고픈지 빵에서 눈을 안 떼. 필시 어디가 잘못된 사람이로구나 생각했지. 내가 빵을 한 줌 떼 줬더니 마파람에 게 눈 감추듯이 먹어 치우는 거라. 배가 엄청시리도 고팠나 봐. 아이구 그 몰골하고는. 멀쩡한 사람 같았으면 다 큰 어른이 꼬질꼬질한 땟국에 신발은 저게 뭐여. 마침 운 좋게도 경찰관 양반이 지나가길래 파출소로 데려가라 했더니 나보고 같이 가자고 그러더구만. 나를 만났으니 운이 좋은 게여. 간밤 꿈에 내가 무슨 엉뚱한 일을 보려나 했더니 그게 바로 이 사람이었던 게여."

할머니 말대로 이번엔 엄청 운이 좋았던 거다. 땡볕에 걸어 다닌 엄마의 발은 코끼리 발처럼 부풀어 있었다. 왼발은 발뒤꿈치가 돌에 찍혔는지 까져서 발갛게 상처가 보였다.

"사람들이 어찌 그리 인정머리들이 없는지. 정신이 옳지 않은 사람을 보면 어떡해서라도 집을 찾아 줄 생각을 해야지. 정류장에 한두 사람이 지나다니는 것도 아닐 텐데 보고도 그냥들 지나가는지 원."

쯧쯧 혀를 차는 할머니에게 아빠는 고맙다는 인사를 수십 번도 더 했다.

"남의 일 같지 않어. 에구 남의 일 같지 않어."

할머니는 아빠가 인사를 할 때마다 말했다.

엄마를 씻기면서 실컷 운 아빠는 엄마처럼 말개진 얼굴로 방으로 들어왔다. 깨끗한 옷으로 갈아입은 엄마 얼굴도 말갰다. 큰 눈을 끔뻑거리면서 엄마는 아빠가 시키는 대로 순한 아이처럼 몸을 내맡기고 있었다. 다시 돌아온 엄마는 여섯 살이 되어 버린 것 같다. 엄마가 짝짝이 신발을 신고 걸었던 만큼 어쩌면 엄마의 시간은 뒤로 가고 있었는지도 모른다.

"어떻게 거기까지 갔어. 말 좀 해 봐, 응?"

아빠는 지구대에서 했던 말을 엄마에게 또 한다. 엄마는 아빠가 물을 때마다 잔뜩 겁먹은 얼굴로 몸을 사렸다.

"원래가 이 병이 사람을 참 요상하게 만들어. 우리 영감을 겪어 봐서 내가 알지. 해만 빠지면 지랄병같이 도지는 거여. 어딜 갈 데가 있는지 기어이 사람 속을 뒤집으면서 나가. 그놈의 영감 북망산천 찾아가느라고 그랬는지……. 이봐, 젊은 양반. 단속 잘햐. 세상에 내 사람만큼 중한 게 어딨어. 더 살아 보면 알 것이여."

지구대 의자에 앉아 어두워진 밖을 내다보던 할머니가 중얼거리던 말이 떠올랐다.

"당신이 그렇게 사라지고 나면 내 속은 어떻고, 새끼들 속은 어떨 것 같애. 제발, 이젠 정신 좀 차리고 생각을 해 봐."

아빠는 다시 참았던 울음을 터뜨렸다. 술도 먹지 않은 멀쩡한 정신에 아빠가 운다. 오늘 엄마를 찾아다니느라 아빠는 십 년은 더 늙어 버린 것 같다. 잠시 후 아빠는 눈물을 닦더니 담배를 들고 밖으로 나가 버렸다.

엄마가 무사히 돌아왔지만, 열 달 만에 엄마가 돌아왔을 때처럼 한나절 만에 다시 돌아온 엄마도 낯설었다. 일곱 살에서 거꾸로 여섯 살이 되어 버린 엄마는 아무것도 모른다는 듯 나와 오빠를 남의 자식 보듯 멀뚱한 눈으로 쳐다보았다.

"한숨 자, 엄마."

나는 그제야 엄마가 눕도록 도와주고, 엄마 쪽으로 선풍기를 대 주고, 이불을 덮어 준 다음 밖으로 나왔다.

아빠는 등나무 아래 평상에 도운이 할머니와 앉아 있었다. 아빠의 담배 연기가 길게 흩어졌다. 나는 아빠 옆에 슬그머니 다가가 앉았다.

"세상일이라는 게 하나도 쉬운 게 없어. 사람살이가 다 그래. 내가 이 나이 먹도록 죽지도 못하고 살아 있는 건 저 어린 피붙이 하나 때문이여. 두남 애비는 내 맘을 알랑가 모르지만, 세상에 자식한테 젤로 좋은 게 부모 말고 누가 있는가. 내가 아무리 잘 돌봐도 우리 운이가 크면 제 부모한테 버림받은 설움이 젤

클 거여. 그라니, 어째. 두남 아버지가 힘들어도 어린것들 둘을 봐서라도 모질게 살아야지. 두남 어미 저렇게 된 거 탓하지 말고 속 다스리면서 잘 살게나. 그 수밖엔 방법이 없지 않나."

할머니 목소리에 물기가 묻어 있었다. 아빠는 담배를 태우면서 고개를 끄덕끄덕한다. 도운이 할머니가 손등으로 눈을 훔치면서 콧물을 쓱 들이마셨다.

"그렇지요."

아빠의 목소리에도 물기가 묻어 있었다. 나도 울컥 눈물이 날 것 같았다. 나는 도운이 할머니 옆에 멍하니 앉아 있는 아빠를 두고 먼저 집으로 돌아왔다.

엄마는 새근새근 고른 숨을 쉬며 잠들어 있었다. 엄마도 오늘 하루 종일 피곤했나 보다. 짝짝이 슬리퍼를 신고 차들이 어지럽게 지나다니는 길을 이리저리 걸어 다녔으니 피곤했을 거다. 나는 새까맣고 숱이 많은 엄마의 머리칼을 쓸어 보았다. 부드러웠다.

예전엔 엄마가 종종 내 머리칼을 쓸어 주곤 했다. 엄마가 어릴 때 외할머니가 엄마의 머리칼을 쓸어 주었던 것처럼. 엄마는 내 머리칼을 쓸어 주며 엄마의 어릴 적 이야기를 들려주었다.

"외할머닌 집안일에, 바깥일에 늘 바빴어. 외할아버지가 일찍 돌아가셔서 외할머니 혼자 엄마와 이모들을 키우셨거든. 비 오는 날은 일을 나가지 않고 집에 계셨어. 그래서 엄만 비 오는 날을 매일매일 기다리곤 했지. 외할머니가 일을 나가서 하루 종일 돌아오지 않을 때는 비가 오라고 빌기도 했단다. 외할머니가 엄마를 무릎에 누이고 서캐를 잡아 주면서 머리칼을 만져 주면 어찌나 잠이 솔솔 오던지. 외할머니가 살아 계셔서 두남이랑 두희를 봤어야 했는데, 엄마가 행복하게 살고 있는 걸 봤으면 아주 좋아하셨을 텐데…….”

나는 잠이 쏟아지는데도 엄마의 어릴 적 이야기를 더 해 달라고 졸랐다. 엄마의 사근사근한 목소리에 묻혀 잠에 빠져들면 한 번도 만난 적 없는 외할머니가 꿈속에 나타났다. 사진에서 본 것과 똑같았다. 내가 ‘외할머니예요?’ 하고 묻자 외할머니는 금세 우리 엄마로 변했다. 우리 엄마가 외할머니이기도 했고 외할머니가 우리 엄마이기도 했다. 꿈을 꾸면서도 나는 우리 엄마가 늙으면 외할머니처럼 변하겠구나, 생각했다.

내가 엄마의 머리칼을 천천히 쓸어 주자 엄마 입가에 알듯 말 듯 한 웃음이 물렸다. 엄마는 지금 꿈속에서 엄마의 엄마를 만나고 있는지도 모른다. 엄마에게도 엄마가 있었다는 걸 생각하자 기분이 좀 이상해졌다.

토닥토닥, 나는 엄마 어깨를 두드린다. 엄마가 나에게 그랬듯이.

나그네의 운명

도운이 할머니는 다시 일을 시작했다.

통마늘이 가득 담긴 소쿠리를 놓고 앉아 아침부터 마늘을 깐다. 할머니가 마늘을 까고 있으면 동네 할머니들이 한 사람씩 모여들었다. 슬쩍 등나무집으로 들어와서 평상에 엉덩이를 걸쳤다 가기도 하고, 일손을 거들면서 놀다 가기도 했다. 등나무 아래 평상은 공터 앞을 지나다니는 골목 사람들 누구나에게 열려 있었다. 말하자면 도운이 할머니가 마늘을 까는 평상은 우리 골목의 사랑방인 셈이고, 사랑방의 터줏대감이 도운이 할머니다.

다시 마늘을 까기 시작하면서 도운이 할머니는 틈날 때마다 절룩거리는 걸음으로 우리 집까지 오기도 했다.

"이봐, 안에 있어?"

도운이 할머니는 엄마가 누워 있는 방까지 들어오지 않고 현관에 잠깐 엉덩이를 붙이고 앉아 엄마에게 이것저것 물어보았다. 할머니가 엄마에게 하는 첫마디는 아빠가 집에 돌아올 때마다 엄마를 보고 하는 말과 같다.

"내가 누군지 알어?"

할머니가 물으면 엄마는 배시시 웃기만 했다.

"애들을 봐서라도 어서어서 정신 차려야지. 혼자 애쓰는 신랑을 생각해서라도 정신 차려야 하네. 응?"

도운이 할머니의 눈시울이 붉어졌다. 우리 엄마를 보면서 도운의 엄마와 아빠를 생각하는지도 모른다. 엄마는 고개를 푹 숙이고 방바닥만 문질렀다. 마치 할머니의 말을 알아듣는 사람처럼.

엄마를 다시 찾은 후, 우리 집엔 엄마를 돌봐주는 도우미 아줌마가 오신다. 일주일에 네 번, 하루 네 시간씩 엄마 옆에 붙어서 수발을 들기로 한 것이다. 우리 식구들은 아줌마 덕분에 조금 편해지긴 했다. 아줌마는 엄마에게 우리 집 주소를 암기하는 공부를 시키고 있다.

"세상에, 어떻게 집을 잃어버려 가지구선 그 고생을 하고, 식구들을 놀래킨대요. 이만하기가 천만다행이지. 이렇게 돌아오기가 천만다행이지."

도우미 아줌마는 마치 엄마와 말이 잘 통하는 사람처럼 능청스럽게 그 얘기부터 꺼냈다. 자꾸만 엄마를 애 취급하면 안 된다는 게 아줌마의 말이다. 그리고 말끝마다 엄마에게 "그래, 집에 오니까 집만큼 좋은 곳이 없죠?" 하고 물었다. 그러면 엄마는 아줌마를 빤히 쳐다보다가 배시시 웃었다. 엄마도 새로운 친구가 생긴 게 좋은 모양이다. 아줌마와 골목으로 바람을 쐬러 나가면서 소곤소곤 무슨 말을 하는지, 엄마가 얘기를 하다가 소리를 내어 웃을 때도 있었다.

도우미 아줌마가 가고 나면 엄마는 아빠한테 고자질도 한다.

"생각 좀 해 봐요, 창순 씨, 하고 나한테 소리 지르고 눈도 무섭게 떠. 나를 자기 집 강아지처럼 혼을 낸다니까. 생각해 봐요, 아저씨. 그게 말이 되나."

엄마의 말이 능청스러울수록 듣는 우리도 깜빡 속아 넘어갈 때가 많다. 아빠를 아저씨라고 부르는 것도 어쩌면 엄마의 연기가 아닐까?

"그거야 당신 잘되라고 그러는 거지. 때리지는 않지?"

아빠의 농담도 내가 속아 넘어갈 만큼 수준급이다. 사사건건 엄마의 생각이 잘못된 거라고 윽박지르는 건 엄마에게 아무런 도움도 되지 않는다고 도우미 아줌마가 말했다.

엄마는 거짓말을 할 줄 모른다. 그러니까 엄마가 하는 말은 정말이지만, 거짓말이 무언지도 모르는 대신 농담도 할 줄 모른다. 농담이 뭔지 모르니까, 다른 사람이 하는 농담이 엄마한텐 다 '진짜'처럼 들리는 거다. 엄마에게 농담을 잘못 걸면 엄마를 화나게 하거나 울리기도 한다. 도우미 아줌마는 우리 엄마한테 농담을 걸면서 웃기기도 할 줄 아는 사람이다.

도우미 아줌마가 엄마 손을 잡고 바람을 쐬러 나가는 곳은 고작해야 도운이 할머니네 평상이다. 엄마는 바람을 쐬러 나가서 마늘을 까기도 한다.

엄마의 마늘 까는 방식은 이렇다. 도운이 할머니가 통마늘을 쪼개 놓으면 한 알씩 집어 꼭지에서부터 껍질을 살살 벗긴다. 도운이 할머니는 마늘을 한 주먹 쥐고 하나씩 껍질을 벗겨 톡톡 커다란 채반에 던진다. 엄마는 한꺼번에 마늘을 여러 개 집지 못한다. 엄마가 마늘을 깔 때는 이맛살이 찡그려지고 눈은 마늘꼭지를 뚫어져라 바라본다.

"이봐, 두남 엄마. 그러다 눈알 빠지면 어쩌려고 그려, 응?"

도운이 할머니는 우리 엄마에게 농담도 한다. 하지만 엄마도 웃지 않고 도운이 할머니도 웃지 않는다. 도운이 할머니는 예전처럼 마당을 쓸고 마늘을 까고, 동네 사람들과 아무렇지도 않게 말을 나누고 잔소리를 하지만 예전처럼 호탕하게 웃는 모습은 볼 수 없었다.

아빠는 창고에서 보내는 시간이 더 많아졌다. 목공소에서 나무를 켜 온 뒤로 의자를 만드는 일에 속도를 내기 시작했다.

"오크라고 하는 건데, 참나무지. 이게 가볍고 단단하고 오래간다."

누르스름한 참나무는 매끈하게 다듬어 놓으면 더 폼이 난다고 했다.

흔들의자 바닥은 목공소에 가서 켜 왔다. 엄마의 무게를 안으면 그 무게에 따라 흔들림을 잡아 줄 균형을 맞추는 게 중요하다고 아빠는 말했다. 방석판을 앉히는 작업을 하는 아빠의 이마엔 포도송이 같은 구슬땀이 맺혔다. 종이에 복잡하게 그려져 있던 설계도가 실물 의자로 탄생되는 과정은 신기했다. 아빠가 가구 공장에서 일할 때도 나는 아빠가 어떤 물건을 만드는지 몰랐고, 본 적도 없었다. 장롱을 만드는 기술자였던 아빠의 손에서 의자가 탄생할 줄은 몰랐다.

"아빠, 대단해!"

"기술자가 이 정도는 할 줄 알아야지."

아빠가 새삼 뿌듯하게 느껴졌다.

"조금만 더 기다려 봐라. 멋진 놈이 탄생할 거다."

이제 등판과 팔걸이 작업을 하고 사포로 표면을 말끔하게 정리한 뒤에 천연 바니시를 칠하면 완성될 거라는 설명도 덧붙였다.

도우미 아줌마가 알려 줘서 아빠는 엄마의 인식표를 신청했다. 도우미 아줌마는 환자들을 위한 정보를 많이 알고 있었다. 오랫동안 병석에 누웠다 돌아가신 친정엄마를 간병하면서 상담 치료사 공부를 하고 도우미 일까지 하게 됐다고 했다. 저번처럼 엄마가 집을 찾지 못하는 일이 생길 때, 엄마의 인식표를 등록해 놓으면 엄마에 관한 신상정보가 경찰서 사이트에 떠서 실종자를 찾을 때 도움이 된다고 했다.

인식표를 찾아온 아빠는 엄마 목에 인식표 목걸이를 걸어 주었다. 엄마의 인식표 바코드는 K1578. 엄마가 김창순이 아니라 K1578이라는 게 조금 기분이 나빴다. 엄마가 죄를 지은 것도 아닌데 이런 이상한 번호를 엄마 목에 걸게 하다니. 하지만 아빠는 애써 웃음 지었다.

"어때, 목걸이 예쁘지?"

나와 엄마에게 동시에 물었다. 나도 엄마도 대답하지 않았다. 엄마도 나처럼 기분이 나쁜 걸까?

"이봐 K씨?"

아빠가 장난 삼아 엄마를 불렀다.

"나는 광산 김씨야."

엄마가 골을 내며 돌아앉았다. 엄마의 말에 아빠도 나도 놀란 얼굴로 크게 소리를 내어 웃었다.

"봐라, 네 엄마 아직 멀쩡해. 김씨 맞아, 당신은 광산 김씨야."

아빠는 자꾸만 같은 말을 반복하며 껄껄껄 웃었다. 엄마가 깊은 동굴 속에 갇혀 있던 오래된 기억의 창문 하나를 연 거다. 나도 몰랐던 걸 엄마가 야무지게 대답하고, 아빠를 놀라게 한 거다. 웃고 있는 아빠 눈에서 반짝거리는 건 눈물이다.

꼬리가 길면 잡힌다.

컨테이너에 설탕 봉지를 몰래 갖다 놓은 건 무사히 지나갔지만, 내가 컨테이너에 드나드는 걸 박두남이 언제 본 걸까? 내 꼬리는 기껏해야 도운의 꼬리 반의 반 만큼도 안 되는데 말이다.

"넌 거길 왜 들락거리냐?"

아빠가 물었다. 오빠가 아빠한테 일러바친 게 분명하다.

"도운이랑 그 아저씨랑 친해요. 이상한 사람 아니거든요."

"그래도 남자 혼자 있는 델 여자애가 겁 없이 드나들면 안 되지. 그 사람이 어떤 사람인 줄 알고."

"그 아저씨 되게 유식한 사람이에요. 책도 많이 읽고……."

"야, 책만 많이 읽으면 이상한 사람 아니냐? 너 그 지저분한 아저씨가 어디서 뭐 하는 사람인 줄 알아?"

내가 미처 변명도 다 못했는데 오빠가 톡 끼어들어 분위기를 깼다. 박두남의 쌍심지에 불이 들어오는 순간이다. 눈이 반짝반짝 빛났다.

나는 '네가 뭘 아는데?' 하는 눈으로 오빠를 노려보았다. 오빠는 이때다 하고 줄줄 말을 쏟아 냈다.

"아빠, 컨테이너에 사는 아저씨요. 우리 학교 앞에 있는 고물상에서 노상 살아요. 그 아저씨 모르는 사람 없다고요. 떡볶이랑 순대 파는 포장마차 아줌마도 얼마나 귀찮아 하는데요. 손님들이 먹고 남긴 떡볶이랑 순대, 그 아저씨가 다 먹고 간대요. 돈 한 푼 낸 적 없고요. 또 세수하고 똥 싸는 건 공원에서 하고요. 그 아저씨 거지예요, 거지."

오빠 앞에서 컨테이너에 텔레비전도 없고 컴퓨터도 없고 화장실도 없다는 얘기까지 안 하길 다행이다. 오빠 입에서 줄줄이 흘러나오는 말을 듣고 있던 아빠의 표정이 어두워졌다.

"그래도 아저씨가 고물상에서 도둑질을 하는 사람은 아니잖아. 그 아저씬……."

이번엔 아빠가 내 말을 잘랐다.

"사람이면 도둑질은 당연히 안 해야지. 그래도 정상적으로 사는 사람 같아 보이진 않더라. 나중에 무슨 일을 당하려고. 도운이는 할머니가 알아서 단속을 하겠지만, 넌 어울리지 마라. 무슨 말인지 알겠냐?"

씩씩거리던 오빠는 '거봐!' 하는 표정으로 나를 째려보았다.

"네."

나는 짧게 대답하곤 눈을 내리깔았다.

오빠 눈에 띄었으니까, 이제 오빠는 내 꼬리가 얼마만큼 길어지나 눈에 불을 켜고 지켜볼 거다. 책도 한 권 안 읽고 맨날 스마트폰으로 게임하느라 날이 새는 줄도 모르고 우리 집이 어떻게 돌아가는 줄도 모르는 멍청이 고딩 주제에, 자기가 뭘 안다고.

컨테이너에 설탕 봉지를 갖다 둔 지 사흘이 지난 날, 나는 두 번째로 컨테이너를 방문했다. 마치 비밀작전을 펼치듯 사방을 샅샅이 살핀 후에 똑똑, 처음으로 컨테이너에 노크를 했다. 문을 열어 준 건 도운이었다. 초저녁인데도 아저씨는 코를 드렁드렁 골아 가며 자고 있었다. 오빠한테 들은 얘기가 진짜인지 아저씨에게 물어보진 않았다. 자다가 깬 부스스한 몰골의 아저씨를 보자 오빠가 말한 거지의 면모가 드러나면서 기분이 묘했다. 화장실이 없는 컨테이너에 사는 아저씨가 공원 화장실에서 똥 누는 건 하나도 이상할 게 없지만, 꼬질꼬질한 배낭을 짊어진 아저씨가 고물상에서 어슬렁거리는 모습을 떠올리자 기분은 좋지 않았다. 대체 그 배낭 안에는 무엇이 들어 있는지 모르겠지만, 아저씨 한쪽 귀에 걸린 커다란 귀고리랑 배낭은 바로 아저씨의 트레이드마크다. 그러니 눈에 안 띄려고 해도 안 띌 수가 없다.

"아저씬 왜 아무 일도 안 하고 살아요?"

겨우 내가 물어본 건 그게 다다.

"세상 사람들은 나를 이해 못 한다. 내가 사는 방식은 내가 살고 싶은 대로 사는 거니까. 가치 기준이 다른 거지."

아저씨에겐 하나의 철칙이 있는데, 버스는 타지 않는다는 것이라고 덧붙였다. 아저씨는 세상의 모든 길을 두 발로 밟아 보고 싶다고 했다. 걸어서 남해의 땅끝마을까지 갔다 온 적도 있다고 했다.

"걷고 또 걷다 보니 못 갈 곳이 없겠다는 생각이 들더구나. 한 생을 길 위에서 보내는 것도 나쁘진 않지."

아저씨가 쩝 입맛을 다시며 말했다.

"아저씨 진짜 집은 어디예요? 그것도 기억 안 나요?"

"나는 어디서나 잠시 쉬어 갈 뿐이다. 나는 나그네의 운명을 타고났거든. 인간은 모두 이 지구에서 잠시 쉬어 가는 것일 뿐이란다. 영원히 사는 인간이란 없잖냐. 그러니 진정한 의미에선 인간은 모두 나그네인 거지."

난 잘 모르겠다. 아저씨 말대로 인간이 모두 나그네란 말은 그럴듯하게 들리지만 사람은 누구에게나 잠자고 먹고 쉬는 집이 있다고 대꾸하고 싶은 걸 꾹 참았다. 말 못 하는 마법에 걸린 도운이 마법에서 풀려났다면, 아마 아저씨랑 죽이 착착 맞아 긴 대화가 오갔겠지만, 나는 아저씨의 말을 곧이곧대로 받아들이는 것만도 아직 벅차다.

도운은 아저씨가 무슨 말을 할 때마다 빙긋빙긋 웃기만 했다. 그러니까, 도운은 나를 은근히 깔보면서 아저씨에게 '저도 그렇게 생각해요. 아저씨 말이 맞아요' 하고 말하는 것처럼 보였다.

"너 진짜 말을 못 하는 거야, 아니면 안 하는 거야?"

도운과 슬쩍 눈이 마주쳤을 때 물었다.

귀까지 막혔다면 정말 불치병이겠지만 귀는 아직 멀쩡한 것 같으니까 그나마 다행이라고 해야 하나?

옆에서 자꾸 갉작거리면 화가 나서라도 도운의 입이 뻥 터질지 모른다. 한번 입이 터지면 세상에서 가장 길게 말을 할 줄 아는 게 도운이기도 하다. 하지만 도운은 내 말에 씩 웃기만 했다. 도운이 씩 웃자 아저씨도 따라서 씩 웃었다. 그럴 땐 기분이 참 묘하다. 나만 바보가 되는 것 같으니까.

영원히 사라지지 않는 것들

아빠는 과일 장사를 그만뒀다. 공터 한쪽 자리를 차지한 빈 트럭에 지나가는 사람들이 쓰레기를 던졌다. 음료수 캔, 담배 꽁초, 껌이 붙어 있을 때도 있었다. 마당을 쓸고 난 도운이 할머니가 공터의 쓰레기를 줍고 아빠 트럭에 있는 쓰레기까지 주워 내며 잔소리를 했다.

"멀쩡한 남의 차에다 왜 쓰레기를 던져. 양심들은 엿을 바꿔 먹었나, 원."

짜랑짜랑한 할머니 잔소리가 반갑기까지 했다.

개학날이 다가오자 느티나무에선 중학생반을 위해 방과 후 프로그램을 짰다. 여름방학 프로그램은 흐지부지됐다. 결정적으로 도운이 때문이었다. 기껏 다섯 명밖엔 되지 않는데, 도운은 아예 느티나무에 발길조차 하지 않았고, 나도 엄마 때문에 거의 참여하지 못했다. 느티나무가 아이들에게 휴식을 주고 마음을 돌봐주는 공간이긴 하지만, 그건 어디까지나 뚱 선생님의 생각이고, 학부모님들은 아이들이 공부를 더잘할 수 있게 도와주기를 바랐다. 공부방이란 이미지에 맞게 말이다.

"선생님이 도운이 할머니랑 통화했는데, 개학하면 도운이도 보낼 거라고 하시더라. 많이 좋아졌대. 도운이가 몇 마디씩 말은 하나 보더라."

뚱 선생님 말을 듣고 나는 서운했다. 나한텐 여전히 말 한마디 걸지 않고 벙어리 행세를 하면서 말을 한다고?

"정말 말한대요?"

"아니니?"

뚱 선생님이 도리어 되물었다.

글쎄, 나도 모르겠다. 누구 말이 진짠지. 역시나 도운이한텐 내가 별 볼 일 없는 아이거나, 아무것도 아닌 게 틀림없다. 이제부턴 신경 끈다. 내가 다시 한 번 도운이 걱정을 하면 그땐 박두희가 아니라 박두남이다.

그런데 도운이 할머니가 나를 불러 넌지시 부탁까지 했다.

"두희야, 네가 우리 운이를 끌고서라도 공부방에 데려가거라. 네 말이면 듣잖냐."

그 말 한마디에 부르르 끓었던 마음이 금세 누그러져 버렸다. 하지만 할머니가 그렇게 생각해 주는 게 고마웠지, 도운이에게 품었던 마음까지 가라앉은 건 아니었다.

"할머니가 나보고 너 데리고 느티나무에 가라더라. 말 안 들으면 못된 송아지 끌고 가듯이 질질 끌고서라도."

나는 할머니의 말을 훨씬 더 사실적으로 전했다. 안 봉하련 말고, 하는 심정이었다. 개학하면 새 프로그램을 시작한다는 말도 전했다. 영어와 수학을 지도해 줄 자원봉사 선생님도 새로 오시고, 독서 토론 프로그램도 만든다고 전했다.

그런데 내 말엔 대꾸도 안 하던 도운이 제 발로 느티나무에 왔다. 뚱 선생님도 앵두 선생님도 잘 왔다, 잘 왔어, 도운의 등을 두드리며 호들갑을 떨었다. 아이들은 눈꼴이 시어서 못 봐 주겠다는 표정이었다.

"야, 너는 언제 말하냐?"

전승훈은 노골적으로 도운일 툭툭 치며 물었다.

"야야, 사람은 말을 하고 살아야지. 백경수 봐. 경수도 저렇게 잘하는 말을 네가 왜 못 하냐?"

한층 과격해진 말에 도운인 콧잔등을 찡그리면서 심각한 표정은 풀지 않았지만, 툭툭 치는 게 싫지만은 않은 것 같았다. 경수가 놀아 달라고 매달려도 저번처럼 세차게 밀치지도 않았다.

"공부방 오니까 어때?"

아이들이 안 볼 때 내가 슬쩍 물어봤다. 도운인 손가락만 까딱까딱하며 정말 할 말이 없다는 싸가지 없는 표정이다.

"야, 너는 사람 말이 말 같지 않냐?"

나도 모르게 목소리가 올라갔다.

"왜들 그러서? 너네 사랑싸움하나?"

조무래기들을 몰고 다니던 전승훈이 갑자기 나타나 도운의 팔꿈치를 툭 치고 지나가며 헤헤거렸다. 전승훈의 놀림에도 도운은 눈도 깜짝 안 했다. 혼자 고고한 척은. 놀림을 받아도 싸다. 나는 도운에게 화난 걸 전승훈에게 쏘아붙였다.

"너, 말 다 했어?"

내가 씩씩거리자 전승훈은 혀를 쏙 내밀고 사라지며 이죽거렸다.

"지구가 돈다고 너까지 도냐?"

사람 열통 터지게 하네. 제까짓 게 뭘 안다고.

아직도 초딩 티를 벗지 못한 저 철부지한테 신경질을 내 봐야 나만 손해다. 철들려면 아직도 멀었다. 걸핏하면 장난질에 선생님한테 혼나는 주제에.

수요일 오후에는 자원봉사자 선생님과 함께하는 활동놀이

시간이 잡혀 있었다. 초등학생과 중학생까지 전부 모여서 짝을 지어 율동을 하며 몸을 푸는 시간. 중학생들은 빼 달라고 했지만, 뚱 선생님은 화가 나거나 슬플 때, 힘이 들 때, 웃음만큼 좋은 약이 없다며 열외란 있을 수 없다고 했다.

장미와 나는 조무래기들 사이에 끼여 억지 춤을 추듯 겨우 동작을 따라 했다.

"자, 웃기 싫어도 웃어요. 억지로라도 웃어요. 일단 웃기 시작하면 웃음은 전염성이 강해서 진짜로 행복한 웃음으로 번진답니다. 웃음이 보약이라는 거 알죠?"

발레리나처럼 발뒤꿈치를 들고 아이들 사이를 사뿐사뿐 걸어 다니는 활동놀이 선생님의 목소리가 통통 튀었다. 웃음은 나를 행복하게 하고, 옆 사람을 행복하게 하고, 모두를 행복하게 만든다고 한다. 5분쯤 다 함께 깔깔깔 소리 내어 웃고, 손뼉도 스무 번 치고, 방향을 맞추어 구르기도 한다. 몸으로 부딪치고 노는 활동놀이 시간을 가장 좋아하는 건 경수다. 경수는 30분 내내 느티나무가 떠나가라 웃고 떠들고 소리 지르며 뒹굴었다.

전승훈은 김완률과 눈짓을 주고받으며 일부러 장미와 나를 공격하듯이 몸을 부딪치고는 히죽히죽 웃었다. 장미는 전승훈이 장난을 칠 때마다 나한테로 전승훈을 밀치며 소리를 꽥 질렀다. 장미는 전승훈 같은 애는 열 명을 공짜로 줘도 싫단다. 전승훈은 초등학교 6학년 때도 여자애들한테 특히 미움을 받았다. 못된 장난질을 좀 많이 해야 말이지. 장미한테 밀침을 당한 전승훈이 나한테 올 땐, 나도 전승훈을 힘껏 밀쳤다. 우리가 어디 끝까지 당하기만 할 줄 알고? 못된 버릇은 초장에 고쳐야 하는데……. 전승훈과 김완률이 장미와 나한테 일부러 과격하게 부딪치는 게 앵두 선생님 눈에 찍혔지만, 웃는 시간이라 그냥 넘어갔다.

"이제 오디션까지 딱 한 달 남았어."

장미가 비밀이라고 강조하며 내 귀에 대고 속닥거렸다.

장미 언니를 찾으러 갔다가 지하상가에서 길을 잃고 장미와 헤어진 후, 장미는 일주일이나 느티나무에 오지 않았다. 집으로 돌아온 장미 언니가 엄마와 한바탕 하고 또 집을 나간 일 때문에 장미 엄마는 술을 더 많이 마셨다. 엄마가 알코올 치료 센터에 입원하게 될지도 모른다고 말하며 장미는 차라리 잘된 일이라고 했다.

"애들한테 오디션 얘기 진짜 하면 안 돼. 그러면 김새서 떨어질지도 몰라."

장미가 내게 다짐을 두었다.

"알았어. 말 안 해."

'내가 너처럼 입이 싼 줄 아니.' 쏴 주고 싶었지만 우리 둘만이 가진 비밀의 의미를 생각해서 쿨하게 대답했다. 내가 말하지 않아도 시간이 지나면 장미 스스로 다 떠벌리고 다닐 거다.

하하하. 으하하하.

"자, 한바탕 웃음으로 마무리합시다! 맘껏, 가슴이 터지도록 웃어 봐요! 하하하."

강사의 신호에 맞추어 아이들이 일제히 소리를 내어 웃었다. 하하하 깔깔깔, 깔깔깔 하하하. 북 치듯이 배를 두드리면서 웃는 애도 있었다. 소리 내어 웃기를 할 때, 전승훈은 일부러 도운과 나를 번갈아 보며 낄낄낄 웃었다. 그런데도 도운은 신경 쓰지 않았다. 전승훈이 건들거나 말거나 뻣뻣한 몸으로 다른 애들과 박자도 맞추지 않고 율동하고 박수를 치고 입을 꾹 다문 채 웃는 표정만 지었다.

어휴, 저 도라에몽!

아이들이 도운을 힐끔거리며 깔깔거렸다.

도운이 때문에 웃음소리가 몇 배는 더 커졌다.

컨테이너에 불이 난 건 태풍이 휩쓸고 지나간 다음 날 새벽이었다.

비바람이 거세게 불던 밤에 엄마는 집 안에서 안절부절못해 방과 거실을 돌아다니며 중얼거렸다. 똥 마려운 강아지처럼 끙끙대며 거실을 서성대던 엄마가 느닷없이 현관문을 열어젖혔다. 바깥으로 확 젖혀진 출입문이 부서질 듯 다르르 떨었다. 엄마가 맨발로 현관을 벗어난 건 눈 깜짝할 사이였다.

"엄마!"

놀란 내가 소리를 지르자 안방에서 아빠가 뛰어나왔다.

"이 비바람 속에 또 어딜 가려고!"

아빠도 맨발로 뛰어나가며 소리쳤다.

잠깐 동안이었는데 아빠와 엄마는 비에 홀딱 젖은 생쥐 꼴로 빗물을 줄줄 흘리며 집 안으로 들어왔다.

"비가 오잖아요. 바람도 불고. 온 동네 사람들이 저렇게 모여서 소리를 지르고 있는데 여기 이러고 있으면 어떡해."

"밖에 누가 있다고 그래. 캄캄한 밤중에."

"아유, 소리가 들리는구만 뭐. 귀가 먹었나."

엄마의 말이 하도 능청스러워 아빠는 헛, 천장을 보고 헛웃음을 쳤다.

"귀가 먹긴 누가 먹었다고 그래. 천지사방 흔들어 대는 비바람 소리밖엔 안 들리는구만. 이리 와, 몸부터 닦고 얘기해. 여기 물 떨어지는 것 좀 봐."

거실 바닥에 줄줄 흐르는 물에는 신경도 안 쓰고 자꾸만 밖으로 나가려는 엄마를 붙들고 아빠가 실랑이를 벌였다.

"이 비바람이 네 엄마를 불러 대는가 보다."

아빠는 간신히 붙들어 앉힌 엄마의 머리를 수건으로 털어 주며 한숨 섞어 중얼거렸다.

밤 열 시만 넘으면 세상이 뒤집어지는 줄도 모르고 잠이 들던 엄마는 그날 밤 거실에 쪼그리고 앉아 비바람이 몰아치는 거실 창밖을 넋을 놓고 바라보았다. 정말로 비바람이 엄마를 불러 대는 것일까? 휘우웅 창문 틈새로 들어오는 바람 소리에 엄마가 밖으로 나가기라도 할까 봐 나는 가슴이 조마조마했다.

엄마가 한 번씩 발작을 일으키듯 집 안을 뒤집어 놓을 때마다 나는 꿈속에서 길을 잃고 헤맸다. 폭풍우가 치는 벌판에서 비닐봉지처럼 이리저리 굴러다니다 잠에서 깼더니 비는 멎었고, 바람 소리도 들리지 않았다.

"컨테이너가 폭삭 다 타 버렸어."

나는 밥숟가락을 든 채 놀라서 멍한 눈으로 아빠의 입을 바라보았다. 엄마가 불, 하고 말했다. 불이 무서운 줄은 엄마도 아는 거다.

"컨테이너가 어떻게 불에 타요?"

오빠는 걱정이 아니라 진짜 궁금해서 묻는 얼굴이다.

"왜 탈 게 없어? 겉만 그렇지 속은 다 불에 탈 것들이지. 유리창을 깨고 호스로 물을 퍼부어서 껐다. 하나도 남은 게 없어. 사람이 없었기에 망정이지."

아빠가 한숨을 쉬었다.

나는 당장 밖으로 달려 나가고 싶었지만 꼼짝도 할 수 없었다. 어젯밤엔 비바람이 쳤는데, 어떻게 컨테이너에 불이 날 수 있지? 아빠가 뭘 잘못 봤거나 농담을 하는 건 아닐까?

"정말 불난 거 맞아요?"

내가 걱정스러운 얼굴로 물었다.

"도운이 할머니가 새벽에 보셨다. 그때 못 봤으면 어쩔 뻔했냐. 불이 다른 데로 번지기라도 했으면 온 동네가 난리 나는 거다. 그러니까 너희들도 집에서 가스레인지 만질 때 조심해. 엄마가 못 만지게 늘 신경 쓰고. 불도 그렇고 물도 그렇고 잘못 쓰면 다 무서운 거다."

"네."

오빠가 냉큼 대답했다.

찌그러지듯 앞쪽으로 기운 컨테이너는 도깨비가 와서 불장난을 하고 간 것처럼 보였다. 컨테이너 안의 책들은 시커먼 재가 되었고, 오그라든 플라스틱 그릇들이 고인 물 위에 둥둥 떠다녔다.

우리 동네 사람들이 죄다 공터에 모인 것 같다. 속옷 바람으로 나온 아저씨, 아줌마, 할머니 들이 팔짱을 끼고 서서 흉물스러운 컨테이너를 바라보았다.

"이게 무슨 일이래요."

"전기 누전이라고 그러대."

"그야 모르죠. 누가 일부러 들어와서 불을 질렀는지."

"이런 고물이 동네 공터를 떡하니 차지하고 있을 때부터 뭔 일이 일어날지 불안불안했어. 거 이웃이란 게 신원이 확실해야 하는데 말이지, 이건 어디서……."

파자마 바람으로 나온 아저씨가 담배를 뻑뻑 피워 대며 컨테이너 아저씨를 욕했다. 여기저기서 쯧쯧, 혀 차는 소리가 들렸다.

"원 별난 인사도 다 있지. 대체 어쩌자고 이 지경을 만들어 놓고 꽁무니도 안 뵈나그래."

도운이 할머니도 인상을 잔뜩 찡그린 채 혀를 찼다. 그러고는 모여 있는 사람들에게 무슨 좋은 구경거리가 났다고 모여들 있냐며 소리를 질러 댔다.

공터엔 하루 종일 불탄 냄새가 났다. 냄새는 우리 집까지 들어왔다. 나는 조바심치며 바깥을 들락거렸다. 도운이 할머니는 파수꾼처럼 종일 등나무 아래 평상에 앉아서 불탄 컨테이너만 지켜보고 있었다. 도운은 어디로 숨어 버렸는지 보이지도 않았다.

크레인 차가 온 건 해가 질 무렵이었다. 공터 입구에 크레인 차가 들어서자 동네 사람들이 다시 모여들었다. 경찰관 두 사람도 따라왔다. 컨테이너 지붕 양쪽에 굵은 쇠사슬 끝에 달린 주먹만 한 쇠갈고리가 걸렸다. 아빠는 크레인을 운전하는 기사와 얘기를 나누며 지켜보고 있었다. 공중에 들린 컨테이너가 몇 번 기우뚱거리더니 천천히 납작한 크레인 차로 옮겨졌다. 마치 거대한 장난감 상자를 들어 옮기는 것처럼. 도운도 할머니와 나란히 서서 크레인 차에 컨테이너가 실리는 걸 지켜보았다. 아빠는 크레인의 뒤꽁무니로 가서 컨테이너가 제대로 자리를 잡는지 크레인 기사와 신호를 주고받았다.

'잘 가, 컨테이너 집아.'

나는 속으로 작별인사를 보냈다.

크레인 차가 공터를 빠져나가자 모여 있던 사람들이 하나둘씩 흩어졌다.

아저씨가 어디로 갔는지 도운은 알고 있을까?

컨테이너가 앉았던 자리, 푹 팬 웅덩이에 고인 물을 보자 어느 날 갑자기 사라진 텀블링대가 떠올랐다. 내가 모르는 사이 사라져 버린 것들은 다 어디로 갔을까?

나는 쓰레기만 둥둥 떠다니는 물웅덩이를 가만히 쳐다보고 있는 도운의 팔뚝을 툭 쳤다. 무슨 생각을 하고 있는지 멍한 표정이던 도운이 놀란 듯한 눈으로 나를 쳐다보았다.

"아저씨 어디로 갔는지 넌 알지?"

도운은 대답 없이 고개를 돌려 다시 물웅덩이를 쳐다보았다.

"알고 있으면서 말 안 하는 거 내가 나 알거든?"

내 말에 움찔하는 것 같더니 한참 만에 도운의 느릿느릿한 말소리가 들렸다.

"아저씬, 어디든 갈 수 있어. 인간은 누구나 자기가 살고 싶은 대로 살 자유가 있으니까."

나는 놀라 눈이 휘둥그레졌다. 도운이 말을 잃어버린 뒤, 처음 듣는 말이다.

"너, 이제 말할 줄 아는구나. 그렇지?"

사악한 악마의 마법에 걸렸던 도운이 드디어 마법에서 풀려난 거다.

"다시 한 번 말해 봐. 응? 다시 해 봐."

내가 호들갑을 떨자 도운은 평상 쪽으로 아무 말 없이 걸어갔다. 도운의 어깨가 축 처져 있었다.

하지만 정말 잘된 일이다. 아저씨는 떠났지만, 도운이 입을 열었으니까. 그러니까 도운은 아저씨가 감쪽같이 사라져 버린 데 충격을 받아 다시 말을 하기 시작한 건가? 아니면 이미 아저씨와 말을 하고 지냈던 걸까? 이런 걸 아저씨가 주고 간 선물이라고 해야 하나?

그러고 보니 도운이 말대로 아저씬 어디든 갈 수 있는 사람이다. 그건 아저씨 맘이니까. 인간은 누구나 자기 살고 싶은 대로 살 자유와 권리가 있으니까. 아저씨 말대로 우리는 다 이 세상에 나그네로 잠시 머물다 갈 뿐이니까. 컨테이너가 불타기 전부터 아저씨는 아주 먼 곳, 우리가 다다를 수 없는 곳을 향해 걷기 시작했는지도 모른다.

지금 아저씨는 어디쯤 가고 있을까?

눈을 감자 꾀죄죄한 배낭을 메고 한쪽 귀에 커다란 귀고리를 달랑거리며 뚜벅뚜벅 걷고 있는 아저씨의 뒷모습이 보였다.

*

아빠의 역작, 흔들의자가 탄생했다. 참나무 결이 잘 드러나게 갈색 바니시를 입힌 매끈한 흔들의자는 엄마에게 안성맞춤이었다. 엄마는 아빠가 만든 의자를 손으로 쓸어 보고, 티셔츠 자락으로 먼지를 닦은 다음 유리 의자에 앉듯 아주 조심스럽게 앉았다. 의자에 몸을 실은 엄마는 "어쿠야, 이게 그네처럼 흔들리네"라며 겁을 먹었지만, 이젠 편하게 의자에 몸을 맡기고 즐길 줄도 안다.

엄마는 지금 흔들의자에 앉아 빵을 먹는다. 볼 가득 초코파이를 베어 물고 달콤한 맛을 음미하고 있는 엄마의 얼굴은 행복해 보였다.

나는 엄마를 빤히 쳐다보면서 소보로빵을 먹는다. 언젠가의 어느 날, 엄마가 꽂혔던 바로 그 소보로빵. 한입 가득 베어 문 빵 때문에 목이 턱 막힌다.

"엄마, 이것도 먹을래?"

내가 소보로빵을 내밀자 엄마는 손에 남은 초코파이를 마저 입에 넣고 우걱우걱 씹으며 고개를 흔들었다. 지금 엄마에게 소보로빵은 아무 의미가 없는 것이다. 허기를 달래 주는 달콤한 초코파이처럼 그저 빵일 뿐 그 무엇도 아니다.

"엄마, 엄마는 소원이 뭐야?"

입안의 단맛에 취한 엄마는 내가 묻는 말에도 대답이 없다.

만약 나에게 소원이 뭐냐고 물으면…… 음…….

초등학교 오 학년 때, 내 짝꿍이 병원에 입원한 적이 있었다. 맹장이 터져서 수술을 했다. 짝꿍은 어린이 병실에 얌전히 누워 있었다. 짝꿍 옆엔 그 애 엄마가 지키고 있었다. 문병을 간 친구들은 농담을 해서 짝꿍을 웃겼다. 짝꿍은 웃으면서 배가 아프다고, 웃기지 말라고 화를 내기도 했지만 나는 입원해 있는 짝꿍이 부러웠다. 하루 종일 엄마가 옆에 붙어 있으면서 밥도 먹여 주고, 세수도 시켜 주고, 옷도 갈아입혀 주고……

그때 내 소원은 '아픈' 거였다. 나도 내 짝꿍처럼 병이 나서 수술을 받고 소독약 냄새가 나는 깨끗하고 하얀 병실에 입원을 하는 거다. 엄마가 내 옆에 꼭 붙어 있는 건 당연한 일이다. 엄마가 나한테 사과를 깎아 주고 빨대를 꽂아 음료수를 먹여 주고, 친구들이 선물을 사 들고 문병을 오고……. 엄마의 사랑을 듬뿍 받으며 엄마를 독차지할 수 있다면 수술을 하는 아픔 따위도 견딜 수 있었다. 엄마만 옆에 있다면 그까짓 아픔은 아무것도 아닐 테니까.

그런데 지금은 빨리 어른이 되었으면 좋겠다. 열네 살인 내가 도저히 이해할 수 없는 이 순간이 영원히 계속된다는 건 생각만 해도 끔찍하다.

"아, 졸립다. 왜 이렇게 졸리니."

초코파이를 다 먹은 엄마는 과장된 동작으로 크게 하품을 하면서 흔들의자에서 일어났다. 소원이 뭐냐고 물었는데, 엄마는 내 얘기는 머릿속에 담지조차 않은 모양이다. 내가 묻는 말을 기억하고, 내가 묻는 말에 또박또박 답하고, 내게 먼저 말을 걸어 주는 걸 엄마에게 기대하는 것도 불가능한 일일지 모른다.

"조금만 자. 좀 있으면 아빠 오실 거야."

맥이 빠졌지만 이 정도면 양호한 거다. 친구의 전화를 받고 나간 아빠는 친구와 동업할 가게를 알아보고 온다고 했다. 아빠가 일이 잘되어 돌아온다면, 정말로 오늘은 괜찮은 하루다.

엄마는 거실 한쪽에 깔아 둔 매트리스에 가서 길게 드러누웠다. 나는 엄마가 앉았던 흔들의자에 앉아 누워 있는 엄마를 바라보았다.

엄마의 얼굴은 더 이상 바랄 게 없다는 듯 평온해 보인다. 나는 들고 있던 소보로빵을 다시 한입 베어 물었다.

"얘가 왜 이렇게 생겼니?"

처음 내가 건네준 소보로빵을 들고 엄마가 그랬던 것처럼 소보로빵에 말을 건넸다.

"넌 도대체 뭐니? 누구니?"

엄마가 본다는 망상의 세계가 어떤 건지 궁금했다. 있지도 않은 것을 있다고 생각하는 것. 눈에 보이지도 않는 걸 마치 눈앞에서 보고 있는 것처럼 말하는 것. 그 세계가 두려우면서도 궁금했다.

방향감각도 아둔하고, 음식을 조절하는 기능도 떨어지고, 아이처럼 단순해진 엄마에겐 우리가 도저히 짐작할 수 없는 또 다른 세계가 존재하는 걸까?

하지만 소보로빵은 그냥 소보로빵일 뿐이다. 밀가루 냄새가 짙은, 달콤하고 말랑한 유혹도 없는, 못생긴 소보로빵을 인정하는 것은 어려운 일이 아니다. 빵은 빵일 뿐이니까. 내가 먹기 싫으면 씹다가 뱉어도 상관없는 것이니까.

그런데 엄마를 있는 그대로 받아들이는 일은, 쉽지 않다. 그래도 엄마라는 사실은 변하지 않는다는 것, 그 사실을 받아들이는 건 열네 살인 내게도 오빠에게도, 아빠에게도 세상에서 가장 힘든 일이다. 그건 도운도 마찬가지일 거다. 어느 날 갑자기 엄마와 아빠가 거짓말처럼 이 세상에서 사라져 버렸으니까.

나는 소보로빵을 봉지에 담아 한쪽에 밀쳐 두고 엄마 옆에 드러눕는다. 새근새근 고른 엄마의 숨소리가 들린다. 내가 안겼던 무게만큼 흔들의자가 천천히, 부드럽게 내 눈앞에서 흔들리고 있다. 나도 모르게 스르륵 잠이 쏟아졌다. 눈앞에서 멀어졌다 가까워졌다 하는 흔들의자의 흔들림에 따라 나는 조금씩 작아지는 듯한 착각에 빠졌다. 오래전에 읽었던 그림 동화책 속의 앨리스처럼.

"아, 내가 정말 이상한 꿈을 꾸었어요."

햇볕 좋은 강둑의 풀밭에서 언니의 무릎을 베고 잠들었던 앨리스가 잠에서 깨어나서 말하는 목소리가 들리는 듯했다. 앨리스의 언니는 앨리스의 노랗고 긴 머리카락을 쓰다듬으며 웃었다. 그 신비한 모험의 세계가 꿈이었듯, 나도 이것이 꿈이었으면 좋겠다고 생각한다. 한잠 자고 일어나서 아빠에게 이렇게 말하는 거다.

"아빠, 제가 정말 이상한 꿈을 꾸었어요. 엄마가 이상하게 변한 꿈."

하지만 나는 잠 속으로 빠져들면서도 꿈은 단지 꿈일 뿐이라는 걸 안다. 잠에서 깨어나도 변한 것은 아무것도 없다는 걸. 그래도 나는 꿈을 꾸기 위해 몰려오는 잠을 뿌리치지 않는다. 눈꺼풀이 내려앉고 엄마의 머리칼을 쓰다듬던 손이 스르륵 바닥으로 떨어진다.

글쓴이의 말

나에게는 이제 엄마가 없다. 하루에도 수십 번 엄마를 부르던 어린 시절에는 엄마가 내 옆에서 영원히 살 줄 알았다. 검버섯이 핀 말간 얼굴로 나를 쳐다보던 엄마가 더 이상 나를 알아보지 못하게 되었을 때, 나는 두 아이를 가진 엄마였다. 엄마를 보내고, 설거지를 하다가 방을 닦다가 길을 가다가 문득문득 뒤를 돌아보곤 했다. 어딘가에서 엄마가 내 뒤를 따라오고 있는 느낌 때문이었다.

나의 아이들이 "엄마" 하고 부를 때 그 말이 가슴 저려서 멈칫하기도 했다. 내 아이처럼 내가 부를 수 있는 엄마가 곁에 없다는 걸 깨닫고 나면 그때야 비로소 아이에게 조용히 미소를 지어 보였다.

두 해나 보관함에 두었던 한글 파일을 꺼내 책으로 만들 생각을 했을 때부터 나는 엄마라는 말을 입속에서 수천 번도 더 굴려 보

았다. 이 세상에서 엄마와 내가 묶여 있었던 인연이 뜨거워서, 잘
해 주지 못하고 못난 모습만 보였던 일들이 세차게 나를 후려쳐서
가슴이 아프기도 했지만 나는 이제 엄마의 소멸 속에서 영원을 읽
는다. 이야기 속에 직조된 두희의 엄마가 우리 모두의 엄마이기도
하다는 걸 우회적으로 말하고 싶었다. 세상에 대한 열망과 다시
잡지 못할 사랑의 이름은 수없이 많겠지만 그것은 모두 하나이지
않을까.

　내 속엔 하나이지만 수천 개의 엄마가 살고 있다. 아버지라 불
러도 좋고, 혹은 너라고 불러도 좋을 이름들! 가난하고 힘들고 아
프고 배부를 때조차도 우리는 꼭 부르고 싶은 이름 하나를 끝까지
소망하는 구조적인 영혼을 지녔다.
　이 작은 이야기가 한 권의 책으로 세상에 나올 수 있게 된 모든
인연들에게 감사드린다.
　세상에 소중하지 않은 건 없다.
　그것이 사람의 일이라면 말이다.

　　　　　　　　　　　2015년 1월의 오후, 창밖은 맑음.